Anti

Afiach

D1471804

Llyfrau eraill gan David Walliams
sydd ar gael yn Gymraeg:

Cyfrinach Nana Crwca

Deintydd Dieflig

Mr Ffiaidd

Y Biliwnydd Bach

Yr Hipo Cyntaf ar y Lleuad

Yr Eliffant eithaf Digywilydd

Yr Arth a fu'n Bloeddio Bw!

David Walliams

Anti
Afiach

Addasiad Manon Steffan Ros
Arlunwaith gan Tony Ross

I Maya, Elise a Mitch

Yr Addasiad Cymraeg
i Emily a Zoe Murfin

Dyma Blas y Sarnau, ble mae'n stori ni'n digwydd.

Dyma'r
tu mewn i
Blas y
Sarnau.

Dyma fap o'r tŷ a'r gerddi.

TŶ GWYDR

GIÂT

Prolog

Oes gennych chi anti afiach? Un sydd byth yn gadael i chi aros ar eich traed yn hwyr i wylio'ch hoff raglen deledu? Neu fodryb sy'n gwneud i chi fwyta pob tamaid o'i chrymbl riwbob ffiaidd, er ei bod hi'n gwybod yn iawn eich bod chi'n casáu riwbob? Efallai fod eich modryb chi'n rhoi sws fawr wlyb i'w phwdl bach blewog ac yna'n rhoi sws fawr wlyb i chithau yn syth bìn. Neu ydy'ch modryb yn sglaffio'r siocledi gorau o'r bocs, ac yn gadael y rhai blas coffi afiach ar ôl? Efallai ei bod hi'n mynnu eich bod chi'n gwisgo'r hen siwmper hyll y gwnaeth hi ei gwau i chi yn anrheg Nadolig, yr un sy'n dweud 'Dwi'n caru fy modryb' mewn llythrennau mawr piws dros y bol.

Waeth pa mor ofnadwy ydi'ch modryb chi, dwi'n addo nad ydi hi'n agos at fod mor filain ag Anti Alwen.

Anti Alwen ydy'r fodryb waethaf erioed.

Ydych chi eisiau cwrdd â hi?

Ro'n i'n amau y byddech chi.

Dyma hi, yn ofnadwy o ofnadwy...

Llygaid bach du

Sbectol un llygad

Tylluan Fynydd Fafaraidd Fawr

Het gyda fflapiau

Gwallt coch

Gwg

Pib

Mwclis tylluan

Maneg ledr

Siaced frethyn

Plus Fours

Sgidiau trwm gyda blaenau dur

Ydych chi'n barod? Dyma i chi'r hanes ...

Dyma gymeriadau eraill ein stori ...

Swyn, Arglwyddes y Sarnau.

Dyma Glo.
Mae o'n glanhau simneiau.

Mae Wagner yn Dylluan Fynydd Fafaraidd Fawr.

Nico ydi gwas oedrannus
Plas y Sarnau.

Heddwas ydi
Ditectif Strauss.

I

Rhewi

Roedd popeth yn aneglur.

Dim ond lliwiau oedd yna i ddechrau.

Yna, llinellau.

Yn araf, daeth yr ystafell yn gliriach.

Sylweddolodd y ferch fach ei bod hi'n gorwedd yn ei gwely ei hun. Roedd y llofft yn un o nifer fawr o ystafelloedd gwely yn y tŷ enfawr yma. I'r dde iddi, roedd ei chwpwrdd dillad, ac ar y chwith roedd bwrdd bach a ffenest fawr y tu hwnt iddo. Roedd Swyn yn adnabod ei llofft gystal ag yr oedd hi'n adnabod ei hwyneb ei hun. Plas y Sarnau oedd

ei chartref erioed. Ond rhywsut, roedd popeth yn teimlo'n rhyfedd nawr.

Doedd dim smic o'r tu allan. Fu'r tŷ erioed mor dawel â hyn. Roedd hi fel y bedd. O'i gwely, trodd Swyn i edrych drwy'r ffenest.

Roedd y byd yn wyn, gydag eira trwchus yn gorchuddio popeth – y lawnt hir, y llyn mawr dwfn a'r caeau gwag tu hwnt i'r gerddi. Crogai pibonwy o ganghennau'r coed. Roedd popeth wedi rhewi'n gorn.

Doedd dim golwg o'r haul, a'r awyr yn llwyd fel clai. Oedd hi'n gynnar yn y bore neu'n hwyr yn y dydd? Doedd gan y ferch fach ddim syniad.

Teimlai Swyn fel petai wedi bod yn cysgu ers hydoedd. Dyddiau? Misoedd? Blynyddoedd? Roedd ei cheg yn sych grimp, a'i chorff yn drwm fel craig. Mor llonydd â delw.

Am ychydig, ystyriodd y ferch fach tybed a oedd hi'n dal i gysgu ac yn breuddwydio. Yn breuddwydio ei bod hi'n effro yn ei hystafell wely. Roedd Swyn wedi breuddwydio hynny o'r blaen, ac roedd o'n ddychrynllyd gan na fedrai symud yn ei breuddwydion. Ai'r un hunllef oedd hon, neu rywbeth mwy sinistr?

I weld a oedd hi'n effro neu'n cysgu, ceisiodd y ferch fach symud. Dechreuodd ar ben pellaf ei chorff, gan drio symud bawd ei throed. Pe bai'n effro ac yn meddwl am symud bawd ei thraed, byddai'n symud. Ond doedd bawd ei throed ddim yn symud y mymryn lleiaf. Ceisiodd symud pob bys ar ei throed chwith, un ar y tro, ac yna ei throed dde. Gwrthododd ei bodiau symud. Gan deimlo'r panig yn codi, ceisiodd droi ei fferau, ymestyn ei choesau, a phlygu ei phengliniau, ac yna canolbwyntiodd yn llwyr ar godi ei breichiau. Roedd y cyfan yn amhosib. Roedd hi'n teimlo fel petai ei chorff wedi'i gladdu mewn tywod.

Clywodd Swyn ryw sŵn o'r tu draw i ddrws ei llofft.
Roedd y tŷ yn hen iawn, ac wedi bod yn gartref i deulu'r
Sarnau ers cenedlaethau. Roedd o mor hen nes ei fod
o'n gwichian ac yn crecian o hyd, a'r coridorau hirion
yn cario pob sŵn drwy'r tŷ. Weithiau, roedd Swyn
yn meddwl bod ysbrydion yn crwydro drwy'r plas
ynghanol y nos. Wrth fynd i'w gwely, credai'r ferch fach
ei bod hi'n clywed rhywun neu rywbeth yn symud ar
ochr draw'r wal. Weithiau byddai'n clywed llais yn galw
arni. Byddai'n rhedeg i ystafell ei rhieni yn llawn ofn,
a dringo i'r gwely atynt. Byddai ei mam a'i thad yn dal
Swyn yn dynn, yn dweud wrthi am beidio â phoeni.
Dim ond sŵn y pibau dŵr a'r hen loriau pren roedd hi'n
eu clywed.

Doedd Swyn ddim mor siŵr.

Gwibiodd ei llygaid at ddrws derw enfawr ei hystafell.
Roedd twll y clo wrth y bwlyn, ond doedd hi byth yn
cloi'r drws am nad oedd ganddi syniad lle roedd y goriad.
Mae'n debyg ei fod o wedi cael ei golli ganrifoedd ynghynt
gan ei hen-hen-hen nain neu daid, un o Arglwyddi

neu Arglwyddesau'r Sarnau oedd byth yn gwenu yn eu paentiadau ar waliau'r coridorau.

Diflannodd y golau oedd yn disgleirio drwy dwll y clo. Credodd Swyn iddi weld llygad fawr yn syllu arni drwy'r twll cyn diflannu'n llwyr.

'Mam? Chi sydd yna?' galwodd. Wrth glywed ei llais ei hun yn yr ystafell wag, gwyddai Swyn nad breuddwyd mo hwn.

Doedd dim ond tawelwch llethol ar ochr draw'r drws.

Llyncodd Swyn ei hofn cyn siarad eto. 'Helô, pwy sy 'na?' Gwichiodd y llawr yn y coridor. Roedd rhywun wedi bod yn sbecian arni.

Trodd y bwlyn, ac agorodd y drws yn araf. Roedd yr ystafell yn dywyll, ond roedd y coridor yn olau, felly dim ond siâp a welai'r ferch fach i ddechrau.

Roedd yr un a safai yno yr un lled a hyd – ddim yn dal iawn, ond yn hynod o lydan. Roedd y ffigwr yn gwisgo siaced smart a throwsus *plus fours*, rhyw fath o siorts hir, llac byddai golffwyr yn eu gwisgo weithiau. Roedd het ryfedd ar y pen, gyda fflapiau hirion dros y clustiau. Roedd cetyn hir yn mygu o'r geg, a chymylau o fwg melys afiach yn llenwi'r ystafell. Ar un llaw, roedd maneg ledr drwchus, ac ar honno eisteddai tylluan.

Gwyddai Swyn yn syth pwy oedd y ddynes yma. Ei modryb filain, Anti Alwen.

'O'r diwedd! Rwyt ti'n effro!' meddai Anti Alwen. Roedd ei llais yn ddwfn ac yn uchel, fel corn gwlad. Camodd drwy'r drws ac i lofft ei nith, ei sgidiau mawr trwm yn swnllyd ar y pren.

Yn y gwyll, gallai Swyn weld brethyn tywyll ei siwt, a chrafangau hirion y dylluan yn cyrlio am y faneg. Roedd hi'n Dylluan Fynydd Fafaraidd Fawr, y fwyaf o'i bath yn y byd. Ym mhentrefi Bafaria, roedd pobol yn galw'r rhain yn 'eirth hedegog' am eu bod nhw mor anferthol. Enw'r dylluan oedd Wagner. Roedd o'n enw anarferol ar aderyn

anarferol, ond dyna ni – roedd Anti Alwen ei hun yn ddynes anarferol.

'Pa mor hir y bûm i'n cysgu, os gwelwch yn dda, Anti?' gofynnodd Swyn.

Sugnodd Anti Alwen ar ei phib, cyn gwenu'n llydan. 'O, dim ond am ychydig fisoedd, fy merch i.'

II

Babi'n Diflannu

Cyn i ni barhau â'r stori, gwell i mi egluro pam roedd Anti Alwen yn fodryb filain.

Dyma goeden achau teulu'r Sarnau.

YR ARGLWYDD CASWALLON SARNAU
(1698–1755)

YR ARGLWYDDES SIÂN SARNAU
(GYNT GWYDDER)

YR ARGLWYDDES RHIAIN SARNAU
(GYNT MORUS)

YR ARGLWYDD
HYWEL SARNAU
(1742–1815)

WMFFRE
(1742–1850)

HEFIN
(1743–1801)

HAFWEN
(1748–1823)

YR ARGLWYDD CARADOG
SARNAU (1799–1862)

YR ARGLWYDDES
GWENHWYFAR SARNAU
(GYNT CYNHAFAL-LLEWELYN)

YR ARGLWYDDES GWENFFREWI
SARNAU (GYNT GWENFRONNYD)

YR ARGLWYDD EDRYD SARNAU
(1842–1925)

OSWYN
(1844–1914)

OLWEN
(1845–1846)

ALWEN
(1868–)

HUWCYN
(1880–?)

COEDEN ACHAU
TEULU'R
SARNAU

'R ARGLWYDD CENWYN SARNAU
(1880–)

YR ARGLWYDDES EIRA SARNAU
(GYNT STEFFAN)

SWYN
(1920–)

Fel y gwelwch chi, Alwen oedd yr hynaf o dri o blant. Hi oedd plentyn cyntaf Arglwydd ac Arglwyddes y Sarnau, ac yna daeth yr efeilliaid, Huwcyn a Cenwyn. Digwyddodd rhywbeth ofnadwy i Huwcyn – y gefell hynaf – pan oedd o'n fabi. Fel y bachgen hynaf, fo fyddai'n etifeddu teitl Arglwydd y Sarnau pan fyddai ei dad yn marw, a fo hefyd fyddai'n cael Plas y Sarnau, y tlysau a'r arian a drosglwyddwyd o genhedlaeth i genhedlaeth. Dyna oedd y drefn – mai'r bachgen hynaf fyddai'n etifeddu'r cyfan.

Fodd bynnag, yn fuan ar ôl ei enedigaeth, digwyddodd rhywbeth rhyfedd ac ofnadwy i Huwcyn. Diflannodd y babi bach ynghanol y nos. Roedd ei fam wedi'i roi i gysgu yn ei grud, ond pan ddaeth i'w nôl yn y bore, roedd o wedi mynd. Sgrechiodd yr arglwyddes mewn braw.

"Naaaaaaaaaaaaaaaaaaa aaaaaaaaaaaaaaaaaaaaaaa aaaaaaaaaaaaaaaaaaa!!!!!!!"

Daeth bobol o bell ac agos i helpu gyda'r chwilio. Cafodd pob twll a chornel o'r ardal eu harchwilio am wythnosau lawer, ond nid oedd siw na miw o'r bychan.

Roedd Alwen yn ddeuddeg oed pan ddiflannodd ei brawd. Doedd dim byd yr un fath byth wedyn. Nid yn unig roedd Huwcyn wedi mynd, ond doedd neb yn gwybod i ble – dyna oedd yn torri calon ei rieni. Wrth gwrs, roedd y ddau'n caru Cenwyn (tad Swyn) yn fawr, ond doedd dim byd yn ddigon i leddfu'r boen o golli Huwcyn bach.

Roedd yr achos yn un o ddirgelion mawr y cyfnod.

Roedd gan bawb eu barn am beth ddigwyddodd i'r babi bach. Dywedodd Alwen ei bod hi wedi clywed sŵn udo ar y lawnt ar noson y diflaniad, a chredai'n sicr bod 'na flaidd wedi cipio'i brawd ynghanol y nos. Ond doedd dim bleiddiaid o fewn can milltir i Blas y Sarnau. Ac roedd digon o sibrydion eraill am beth oedd wedi digwydd i Huwcyn. Credai rhai bod y syrcas wedi dwyn y bachgen, a'i fagu yn glown. Dywedai ambell un arall ei fod wedi dringo o'i grud ac wedi cropian o'r tŷ. Roedd rhai hyd yn oed yn credu bod y bachgen wedi'i hudo ymaith gan ellyllon aflan.

Doedd yr holl sgwrsio ddim yn ddigon i ddod â Huwcyn adref. Aeth blynyddoedd heibio, ac aeth bywyd yn ei flaen, ond nid i'w rieni. Stopiodd eu bywydau nhw ar noson ei ddiflaniad. Wnaethon nhw ddim gadael Plas y Sarnau wedi hynny. Roedd hi'n amhosib iddyn nhw edrych yn hapus. Roedd bywyd yn annioddefol, a phrin

roedd y ddau yn bwyta na chysgu. Crwydrent o amgylch
Plas y Sarnau fel ysbrydion, ac yn y diwedd, bu farw'r
ddau o dor calon.

III

Plentyn Drwg

Cenwyn, tad Swyn, oedd etifedd Plas y Sarnau ar ôl diflaniad Huwcyn, a byddai Alwen yn bwlio'i brawd bach yn ofnadwy. Pan oedd hi'n blentyn, byddai'n:

– Rhoi tarantwla mawr gwenwynig i'w brawd bach yn anrheg Nadolig.

– Rhoi siwgr eisin ar greigiau,
ac yna'n cynnig un i'w
brawd gan ddweud mai
cacennau oedden nhw.

– Ei begio ar y lein ddillad
a'i adael o yna am
y prynhawn.

– Torri coeden wrth
i Cenwyn ei dringo.

– Chwarae cuddio. Byddai Cenwyn yn cuddio, a byddai
Alwen yn mynd ar ei gwyliau.

– Ei wthio i'r llyn wrth iddo fwydo'r hwyaid.

– Rhoi deinameit ar
ei gacen ben-blwydd
yn lle canhwyllau.

– Ei droelli o gwmpas yr
   ystafell chwarae gerfydd
   ei draed, ac yna'n
   gollwng gafael.

– Torri'r brêc
   ar ei feic.

– Gorfodi iddo fwyta
   llond powlen o
   fwydod byw, gan
   ddweud ei fod o'n
   'sbageti arbennig'.

– Gorchuddio peli criced
gydag eira ac yna
yn eu taflu nhw
at ei brawd.

– Ei gloi mewn cwpwrdd
dillad cyn ei daflu
i lawr y grisiau.

– Rhoi chwilod yn ei glustiau
er mwyn ei weld yn
sgrechian wrth ddeffro.

– Ei gladdu hyd at ei wddf mewn tywod, a'i adael yno
wrth i'r llanw ei gyrraedd.

Er hyn i gyd, roedd Cenwyn yn garedig wrth ei chwaer. Pan fu farw Arglwydd ac Arglwyddes y Sarnau ac etifeddodd Cenwyn y plasty, roedd yn benderfynol o ofalu am yr hen le. Roedd yr arglwydd newydd yn caru'r plasty, fel y gwnaeth ei rieni o'i flaen. Ond am fod Cenwyn yn ddyn caredig a hael, rhoddodd holl dlysau ac arian y teulu i Alwen, ei chwaer.

Roedd gwerth miloedd o bunnoedd ganddi, ond o fewn ychydig, roedd hi wedi gwario pob ceiniog.

Y rheswm am hyn oedd obsesiwn peryglus Alwen.

Tidliwincs.

Roedd hi'n gêm boblogaidd iawn ar y pryd. Mae angen potyn bach i'w chware, a disgiau bach o wahanol feintiau, sef y "wincs".

Rhaid defnyddio'r winc fwyaf, sef y sgwijyn, i fflicio'r winciau bychain i mewn i'r pot. Byddai Alwen yn gorfodi Cenwyn i chwarae gyda hi ers ei bod hi'n ferch fach, ac i osgoi gweld ei thymer danllyd hi, byddai Cenwyn yn gadael iddi ennill bob tro. Nid yn unig roedd Alwen yn

gollwr gwael, ond roedd hi'n twyllo hefyd. Byddai'n creu
ei rheolau ei hun er mwyn ennill, a dyma rai ohonynt:

'Sglaff-chwip'
– bwyta sgwijyn eich
gwrthwynebydd.

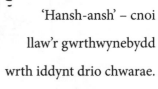

'Hansh-ansh' – cnoi
llaw'r gwrthwynebydd
wrth iddynt drio chwarae.

'Wincs-nics' – cuddio holl
wincs eich gwrthwynebydd
yn eich nicers.

'Bwm-shaca-laca-bwm'
– saethu'r wincs i'r pot gyda gwn hela.

'Wincoelcerth'
– llosgi holl wincs
eich gwrthwynebydd.

'Daearglin' –
gwneud i didliwincs
eich gwrthwynebydd
ysgwyd gan daro'r bwrdd
gyda'ch pengliniau.

'Wincipiwr' – pan mae winc eich gwrthwynebydd yn cael
ei gipio gan aderyn ysglyfaethus sydd wedi'i hyfforddi'n
arbennig ar gyfer y dasg.

'Gludwinc'– gludo wincs eich gwrthwynebydd i'r bwrdd.

'Anferthopot' –
cyfnewid y pot am
un sy'n rhy fawr i'r
wincs fedru mynd iddo.

'Cnec' – torri gwynt ar sgwijyn eich gwrthwynebydd, gan ei wneud yn rhy ddrewllyd i'w ddefnyddio.

Un Nadolig, prynodd Cenwyn lyfr *Rheolau Tidliwincs* gan yr Athro T. Winc yn anrheg i'w chwaer. Roedd o'n gobeithio'r y câi'r ddau astudio'r rheolau gyda'i gilydd, ac y byddai Alwen yn rhoi'r gorau i dwyllo. Ond gwrthododd Alwen agor y llyfr, heb sôn am ei ddarllen. Gadawyd *Rheolau Tidliwincs* i hel llwch yn llyfrgell anferth Plas y Sarnau.

Ers ei bod hi'n ferch fach, roedd Alwen yn ofnadwy o gystadleuol. Roedd yn rhaid iddi ennill, dro ar ôl tro ar ôl tro.

"Fi ydi'r gorau! **G.O.R.A.U!**"

canai'n aflafar. Ond roedd y ffaith ei bod hi mor benderfynol o ennill yn gwneud pethau'n anodd i'w theulu. Cyn gynted ag y cafodd afael ar ychydig o ffortiwn y teulu, collodd y cyfan wrth chwarae tidliwincs. Bu'n chwarae ar rai o fyrddau tidliwincs crandiaf Monte Carlo, ond o fewn wythnos, roedd hi wedi colli pob dimai goch – yn filoedd ar filoedd o bunnoedd. Yna, sleifiodd i swyddfa'i brawd a dwyn ei lyfr siec. Ar ôl copïo'i lofnod, cymerodd bopeth o'i gyfri banc. O fewn dyddiau, roedd hi wedi gwario arian ei brawd hefyd, pob un geiniog. Roedd y teulu'n dlawd bellach, ac yn ddigalon iawn.

Bu'n rhaid i Cenwyn werthu popeth oedd ganddo – hen greiriau, paentiadau, cotiau ffwr, a hyd yn oed modrwy ddyweddïo ei annwyl wraig. Cafodd y cyfan ei werthu er mwyn i'r teulu fedru aros yn eu cartref. Bu teulu'r Sarnau

yn byw yno ers canrifoedd. Fel pob plasty mawr, roedd angen byddin o bobol i gynnal y lle – cogydd, garddwr, gyrrwr, morwynion, a rhywun i ofalu am y plant. Ond ar ôl i Alwen wastraffu holl arian y teulu, doedd dim posib talu cyflog yr un ohonynt. Roedd y rheolwr banc wedi nodi'n glir fod rhaid i'r staff fynd, ac felly, a'i galon yn drwm, bu'n rhaid i Cenwyn ddweud wrthynt am adael y plas.

Heblaw am un – yr hen was oedrannus, Nico.

Ceisiodd Cenwyn esbonio'r sefyllfa i Nico sawl gwaith. Ond roedd Nico, oedd bron yn gant oed, yn fyddar a bron yn gwbl ddall. Roedd hi'n amhosib iddo adael. Hyd yn oed os oedd rhywun yn gweiddi yn ei glust, doedd o ddim yn clywed smic. Bu Nico'n gweithio i deulu'r Sarnau ers cenedlaethau. Roedd fel petai o'n un o'r teulu. Gofalodd am Cenwyn pan oedd hwnnw'n fachgen, ac felly meddyliai Cenwyn amdano fel hen ewythr hanner call. Er na fyddai'n cyfaddef, roedd wrth ei fodd fod Nico wedi aros; roedd o'n siŵr nad oedd gan yr hen ŵr gartref arall i fynd iddo.

Felly crwydrai Nico goridorau Plas y Sarnau yn gwneud ei ddyletswyddau, yn ei ffordd chwithig ac unigryw ei hun. Byddai Nico yn:

– Torri'r carped gyda pheiriant torri gwair.

– Cario pentwr o sanau
budr ar hambwrdd,
a datgan, 'Eich te
prynhawn, syr.'

– Smwddio'r planhigion.

– Dyfrio'r soffa.

– Taro'r gong
ynghanol
y nos gan
ddatgan, 'Mae
swper yn barod.'

– Gweini pêl
snwcer mewn
cwpan wy
i frecwast.

– Codi llwch
o'r glaswellt.

– Berwi'r sgidiau.

– Codi'r lamp a dweud, 'Plas
y Sarnau, pwy sy'n siarad,
os gwelwch yn dda?'
fel petai'n ateb y ffôn.

– Mynd â'r mat am dro.

– Rhoi cyw iâr
yng nghist y
car i'w rostio.

Gweithiai rhieni Swyn ddydd a nos i gadw'r hen le i fynd, ond roedd Plas y Sarnau yn rhy fawr iddyn nhw. Cyn bo hir, roedd ganddyn nhw dŷ mawr ond dim arian i dalu'r biliau trydan a gwres, a hen gar oedd yn rhy ddrud i'w redeg. Treuliodd Cenwyn annwyl lawer o'i amser ar y ffôn yn trafod gyda rheolwr blin y banc.

Pan aned Swyn, roedd o'n benderfynol y byddai hi'n cael bod yn berchen ar y tŷ un diwrnod. Wrth gwrs, roedd Alwen wedi dangos nad oedd hi'n ddigon cyfrifol i ofalu am y lle, felly nododd Cenwyn ei benderfyniad yn ddigon clir yn ei ewyllys:

Ewyllys Arglwydd y Sarnau o Blas y Sarnau.

Yr wyf i, Arglwydd Cenwyn Maldwyn Sarnau, yn gadael y cartref teuluol, Plas y Sarnau, i fy merch Swyn Aur Sarnau. Pe bai unrhyw beth yn digwydd i Swyn, dylid rhoi'r tŷ a'r holl arian i'r tlodion. Dymunaf wneud yn glir na ddylai fy chwaer, Alwen Pansi Dorothea Cledwyn Sarnau, etifeddu'r tŷ, gan y byddai'n siŵr o golli'r cyfan mewn gêm tidliwincs. I sicrhau hyn, mae gweithredoedd Plas y Sarnau wedi'u cuddio yn y tŷ, mewn lle na fydd Alwen byth yn dod o hyd iddynt.

Arwyddwyd ar ddydd Llun, y cyntaf o Ionawr, 1921.

Arglwydd Cenwyn Maldwyn Sarnau

Cadwodd Cenwyn yr ewyllys yn gyfrinach rhag ei chwaer. Petai hi'n gwybod amdani, byddai'n siŵr o wylltio'n gacwn.

IV

Tylluan Fynydd
Fafaraidd Fawr

Mae'n siŵr eich bod chi'n gofyn i chi eich hunan sut yn y byd y cafodd Anti Alwen afael ar Dylluan Fynydd Fafaraidd Fawr. I ateb eich cwestiwn, bydd rhaid i mi fynd â chi yn ôl i'r gorffennol unwaith eto, i'r dyddiau cyn genedigaeth Swyn.

Yn fuan ar ôl i Alwen golli holl arian y teulu wrth fyrddau tidliwincs Monte Carlo, bu rhyfel ofnadwy yn Ewrop. Ymunodd Cenwyn â'r fyddin fel swyddog, a chafodd lond siaced o fedalau am wneud. Ymunodd Alwen â'r fyddin hefyd, fel saethwraig yng nghoedwigoedd Bafaria. Roedd hi'n brwydro ar ochr wahanol i'w brawd – gyda'r Almaenwyr – am fod yn well ganddi eu gwisg nhw. Roedd hi'n arbennig o hoff o'r helmedau *Pickelhauben*,

sef y rhai caled gyda phig ar eu pen. Rhywbeth tebyg i
hyn ...

Un diddordeb oedd gan Alwen ers ei phlentyndod
oedd dwyn wyau o nythod adar. Gwyddai fod y Dylluan
Fynydd Fafaraidd Fawr yn un o adar
mwyaf prin y byd. Felly pan welodd
un ohonyn nhw yn nythu mewn
coeden, dringodd i fyny ati
a chipio'r wy o'r nyth. Yna,
eisteddodd ar yr wy tan iddo
ddeor, a galwodd y dylluan
fach yn Wagner, ar ôl ei
hoff gyfansoddwr*.

Enw'r cyfansoddwr oedd Wagner. Ydych chi'n dilyn y stori hyd yn hyn?

Daeth y rhyfel i ben yn fuan wedyn. Roedd Alwen wedi bod ar yr ochr wnaeth golli, a doedd hi ddim eisiau cael ei hanfon i wersyll carcharorion rhyfel, felly cafodd afael ar Zeppelin, un o longau awyr rhyfel anferth yr Almaenwyr. Gyda Wagner y dylluan dan ei chesail, i fyny â hi i'r awyr. Roedd dechrau'r daith yn iawn, a hedfanodd y Zeppelin dros ganol Ewrop am gannoedd o filltiroedd. Ond wrth hedfan dros y môr tua Phrydain, gyda chlogwyni gwynion Dover o fewn golwg, bu trychineb. Trawodd Alwen y Zeppelin gyda'r pigyn ar ben ei helmed, a dihangodd yr aer i gyd o'i ganol. Wedi'r cwbl, dim ond balŵn anferth oedd y Zeppelin mewn gwirionedd, a saethodd drwy'r awyr gyda sŵn

rhech, a
glanio yn
y môr –

P
L
O
P.

Nofiodd Alwen at y lan, gyda'r babi tylluan (oedd yn dal yn fwy na'r rhan fwyaf o dylluanod) ar ei phen.

Pan ddychwelodd i Blas y Sarnau, dechreuodd Alwen hyfforddi Wagner. Gan nad oedd wedi cael cwrdd â'i rieni, roedd o'n meddwl mai Alwen oedd ei fam. Yn wir, byddai'n bwydo mwydod byw a phryfed cop o'i cheg ei hun i big llwglyd yr aderyn. Tyfodd Wagner, a thyfodd ei archwaeth bwyd hefyd. Cyn bo hir roedd Alwen yn bwydo llygod ac adar iddo. Gan gynnig creaduriaid bach del yn wobr iddo, dysgodd i Wagner wneud nifer o driciau:

– Nôl slipars Alwen.

– Hedfan mewn cylchoedd.

– Gwylio o'r awyr,
fel roedd Alwen
ei hun wedi gwneud
yn ystod y rhyfel.

– Malu barcutiaid plant bach.

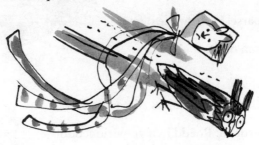

– Dwyn nicers hen ferched

oddi ar eu lein ddillad.

– Gollwng bomiau drewdod

o'r awyr ar ffair y pentref.

– Dosbarthu llythyrau neu barsel i unrhyw le o fewn can milltir.

– Cydganu hoff arias Almaenig Alwen gyda hi. Roedd hyn yn wirioneddol ofnadwy gan fod llais Anti Alwen yn waeth na llais y dylluan.

– Defnyddio pot pi pi arbennig wrth fynd i wneud ei fusnes.

– Dal a llyncu cathod bach o fewn eiliadau: esgyrn, ffwr a phopeth.

– Gwneud tarten afalau.

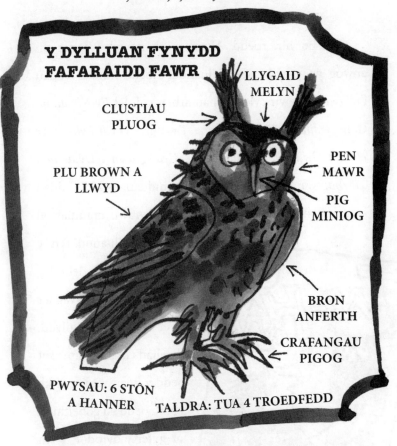

Y DYLLUAN FYNYDD FAFARAIDD FAWR

LLYGAID MELYN

CLUSTIAU PLUOG

PEN MAWR

PLU BROWN A LLWYD

PIG MINIOG

BRON ANFERTH

CRAFANGAU PIGOG

PWYSAU: 6 STÔN A HANNER

TALDRA: TUA 4 TROEDFEDD

Tylluanydd,   Gwdihwyliwr,   Tw-it-tw-hwydd,
Tylluarbenigwraig. Beth bynnag rydych chi am ei galw hi,
gwyddai Anti Alwen bopeth am dylluanod.*

---

*Cofiwch, does dim ffasiwn eiriau â'r rhai uchod – dwi newydd eu creu.

Cyn bo hir, roedd Alwen a'i hannwyl Wagner yn enwog yn y byd cadw tylluanod. Roedd lluniau'r ddau i'w gweld mewn cylchgronau arbenigol, fel *Fy Nhylluan*, *Golwgwdihŵ*, *Tylluannwyl!*, *Tw-Wit*, *Gwdi-Iwhw*, *Yr Herald Gwdihŵ*, a *Tylluanod – Cylchgrawn i Dylluanod a'r rhai sy'n eu Caru*. Unwaith, ymddangosodd y ddau ar dudalen flaen *Tw-Hŵ*, sef y cylchgrawn crandiaf oll

ym myd y tylluanod. Yn y cylchgrawn, roedd deuddeg llun o Alwen a Wagner gartref gyda'i gilydd, cyfweliad manwl am sut roedd y ddau wedi cwrdd, a beth oedd eu gobeithion ar gyfer y dyfodol. Wrth gwrs, crawc oedd ateb Wagner i bob un o'r cwestiynau.

Alwen a Wagner. Wagner ac Alwen. Roedd y ddau yn ffrindiau pennaf.

Teithiai'r ddau gyda'i gilydd ar feic modur Alwen, gyda Wagner yn y cerbyd bach wrth ei hochr. Gwisgai'r ddau helmedau lledr a gogls.

Yr hyn oedd yn fwy anarferol fyth oedd bod Alwen a Wagner yn rhannu gwely. Pan fyddai Swyn yn dod â gwydraid o sieri i'w modryb yn y nos, byddai Alwen a'r aderyn yn gorwedd dan y blancedi gyda'i gilydd, y ddau mewn pyjamas streipiog yn darllen y papur newydd. Roedd golwg od iawn arnynt. Ryw dro arall, clywodd Swyn y ddau yn y bath gyda'i gilydd. Doedd o ddim yn naturiol nac yn iawn, a pheryg nad oedd o'n arferiad glân, chwaith – yn arbennig i'r dylluan druan.

Ond roedd y cyfeillgarwch yma rhwng dynes a thylluan yn rhan o gynllun dieflig Anti Alwen. Roedd hi am sicrhau y byddai Wagner yn gwneud yn union fel roedd hi'n ei orchymyn, hyd yn oed y pethau mwyaf aflan ac erchyll.

V

Esgyrn

Gan ein bod ni bellach yn gwybod popeth am Alwen a'i Thylluan Fynydd Fafaraidd Fawr, fe gawn ni barhau gyda'r stori.

Yn ei hystafell ym Mhlas y Sarnau, gorweddai Swyn fach ar ei gwely. Roedd cysgod enfawr drosti – cysgod ei Hanti Alwen, gyda Wagner y dylluan ar ei braich.

Craciodd lais Swyn wrth ofyn, 'Dwi ddim yn deall! Sut fedrwn i fod wedi cysgu am fisoedd?'

Ystyriodd Alwen am ychydig, ac ymestyn i'w phoced am lygoden fyw a'i bwydo i Wagner. Llyncodd yr aderyn y creadur druan yn gyfan.

'Ers y ddamwain ...' atebodd.

'Damwain? Pa ddamwain?!' erfyniodd Swyn.

Symudodd Anti Alwen at erchwyn y gwely, a rhoi ei llaw ar y flanced.

'Y ddamwain a wnaeth hyn i ti!'

Gydag un symudiad mawr dramatig, chwipiodd y flanced oddi ar y gwely. Syllodd Swyn mewn braw ar y rhwymau oedd yn gorchuddio pob rhan o'i chorff. Edrychai fel mymi un o byramidiau'r Aifft.

'Rwyt ti wedi torri pob un asgwrn yn dy gorff.'

'Naaaaaa...!' llefodd y ferch.

'Wwwwwyt!' atebodd Alwen, yn dynwared llais ei nith. 'Mae pob asgwrn wedi'i chwalu'n gannoedd o ddarnau mân. Roeddet ti fel darn afiach o jeli!'

'Ond sut ..? B-b-be ddigwyddodd? A lle mae Mam a Dad?' gofynnodd Swyn. Roedd ganddi gymaint o gwestiynau i'w gofyn.

Gwenodd Anti Alwen yn filain. Sugnodd ei phib a chwythu mwg i wyneb ei nith. 'Gormod o gwestiynau! Mi gei di wybod pan fydd yr amser yn iawn.'

'Ond dwi angen gwybod!' erfyniodd Swyn. 'Rŵan!'

Ysgydwodd Alwen ei phen. 'Beth am gêm o didliwincs yn gyntaf?'

Fedrai Swyn ddim credu'r peth. 'Am beth ydych chi'n sôn?'

Ymestynnodd y ddynes am focs oedd ar silff gerllaw, a'i roi ar y gwely.

'Dim dyma'r amser!' cwynodd Swyn.

'Mae hi wastad yn amser tidliwincs!' Agorodd Alwen y bocs a gosod y darnau yn eu lle. 'Fy nhro i gyntaf!' meddai'n llawn cyffro wrth iddi wasgu un o'r darnau bach plastig gyda'r sgwijyn. Glaniodd yn y pot.

PING!

'Miliwn a saith o bwyntiau i fi. Dy dro di!'

Syllodd Swyn ar ei modryb, ei llygaid yn fawr ac yn flin.

'O bobol bach, fedri di ddim, siŵr, dim â dy freichiau wedi torri! Dwi wedi ennill. Eto.'

'Doeddwn i ddim eisiau chwarae.'

'Paid â bod yn gollwr gwael, Swyn.'

'Dwi angen gwybod lle mae Mam a Dad!' gwaeddodd y ferch.

Ysgydwodd Alwen ei phen wrth weld ei nith yn gwylltio. 'Os wyt ti'n cau dy geg am funud fach, mi gei di wybod gan dy anti-wanti be ddigwyddodd.' Roedd Swyn yn casáu'r ffordd y byddai hi'n siarad babi fel hyn. 'Oes gen ti ddim cof o gwbl o'r ddamwain?'

'N-n-na.' Waeth faint roedd hi'n trio, fedrai Swyn ddim cofio unrhyw beth. Mae'n rhaid ei bod hi wedi taro'i phen. Ond sut? 'Plis dywedwch wrtha i!'

'O diar, o diar, o diar annwyl dad.'

'Be? Dwi'n erfyn arnoch chi – dywedwch wrtha i!'

'Hisht, rŵan hyn!' meddai'r ddynes.

Doedd gan Swyn ddim dewis ond bod yn dawel.

'Rŵan, mae Anti'n gallu dechrau.' Roedd fel petai'n darllen stori o lyfr. 'Roedd hi'n fore glawog. Roeddet ti yng nghefn car crand dy dad, ar dy ffordd i Gaernarfon. Roedd gan dy dad apwyntiad arall gyda'r rheolwr banc, ac roedd dy fam am fynd â ti i weld y castell. Ond och! Doedd hynny ddim am fod.'

'Pam? Be ddigwyddodd?'

'Efallai fod dy dad wedi bod yn feddw...'

'Doedd Dad ddim yn cyffwrdd alcohol!'

'... ac mae'n siŵr ei fod o wedi bod yn gyrru'n gyflym ...'

'Doedd o byth yn gyrru'n gyflym!'

Ond doedd Alwen ddim yn gwrando ar yr un gair. 'Roedd y car yn gwibio ar hyd lôn fach ar yr arfordir. Collodd dy dad reolaeth o'r car, a ...' Ymdawelodd yn ddramatig. Roedd hi'n mwynhau rhannu'r newyddion drwg.

'Be?!'

'Plymiodd y car i lawr y clogwyn!'

'NA!' sgrechiodd Swyn.

'DO! A malu'n rhacs ar y creigiau,' meddai Alwen, cyn dynwared sŵn y crash.

'BWWWM!'

Roedd Swyn yn beichio crio.

'Dyna fo!' meddai Alwen, gan fwytho pen Swyn fel petai'n gi. 'Rwyt ti, 'ngeneth i, yn lwcus iawn dy fod yn fyw. Lwcus IAWN, hefyd. Rwyt ti wedi bod yn anymwybodol ers misoedd!'

'Ond be am Mam a Dad?' gofynnodd Swyn. Roedd hi'n amau'r gwaethaf, ond roedd llygedyn bach iawn o obaith yn ei chalon. 'Ble maen nhw? Yma yn y tŷ? Yn y 'sbyty?'

Syllodd Alwen ar ei nith. Edrychai mewn poen.

'O, druan fach â ti.' Ysgydwodd Alwen ei phen ac eistedd ar ochr y gwely, ei phwysau yn gwneud i'r fatres suddo'n isel. Symudodd ei bysedd yn araf dros y gwely, a rhoddodd ei llaw ar law fach ei nith. Llenwodd llygaid Swyn â dagrau. Dechreuodd wylo.

'Plis dywedwch wrtha i be ddigwyddodd i Mam a Dad!'

Daeth gwên fach i wyneb creulon ei modryb. 'Wel. Mae gen i newyddion trist ...'

VI

Hunllef Ofnadwy

'Wedi marw?' Llifai'r dagrau fel afon i lawr gruddiau Swyn bellach. 'Plis, plis dwedwch mai jôc ydi hyn! 'Mod i mewn hunllef ofnadwy!'

Syllodd Anti Alwen ar ei nith gyda thrueni. Sugnodd ei phib wrth feddwl am ei hateb. 'Wedi marw, 'ngeneth i. Mor farw â'r mwyaf marw. Yn FWY marw na'r mwyaf marw. Y marwaf. Mor farw, mae'r ddau wedi'u claddu yn y ddaear fisoedd yn ôl. Does 'na fawr o obaith iddyn nhw, nag oes?'

Fflachiodd atgofion o'i rhieni hyfryd drwy feddwl
Swyn. Ei thad yn mynd â hi i hwylio ar y llyn, yn gwneud
iddi chwerthin wrth actio'r ffŵl gyda'r rhwyfau. Ym Mhlas

y Sarnau, ei mam yn ei throelli wrth ddysgu iddi ddawnsio.
Yn barod, roedd yr atgofion yn teimlo fel hen ffilmiau du a
gwyn, y darluniau'n niwlog, a'r sain yn anodd ei ddeall. Yr
atgofion oedd yr oll oedd ganddi nawr.

'Fisoedd yn ôl?' gofynnodd Swyn. 'Dwi wedi colli eu
hangladd nhw?'

'Bobol bach, am ddiwrnod digalon. Dwy arch rad ochr yn ochr. Chwarae teg i'r ficer, mi ges i bris teg am yr angladd am fod y ddau wedi'u claddu'r un pryd.'

'Wnaethoch chi roi blodau ar fy rhan?'

'Naddo. A dweud y gwir, roedd y ddau mor farw erbyn hynny, fydden nhw ddim wedi sylwi.'

Fedr Swyn ddim credu'r peth. Sut all ei modryb fod mor ddi-hid am ei brawd a'i wraig – tad a mam annwyl Swyn? Roedd pawb yn gwybod ei bod hi'n eiddigeddus o Arglwydd ac Arglwyddes y Sarnau, er eu bod nhw wedi bod yn glên efo hi erioed. Roedd gan Alwen ei hystafelloedd mawr ei hun ym Mhlas y Sarnau, neno'r tad! Heb ofal Cenwyn, byddai wedi bod yn ddigartref, ar ôl gwario'i harian ei hun a'r rhan fwyaf o arian ei brawd. Ond wnaeth hi ddim diolch iddo, ddim unwaith.

Sylwodd Swyn pan oedd hi'n eneth fach fod ei modryb yn greulon iawn wrth Cenwyn. Byddai'n rholio'i llygaid wrth siarad ag o, ac yn gwgu pan fyddai o'n gwenu arni. Os oedd rhywun yn y teulu'n cael ei ben-blwydd, byddai Alwen yn diflannu i'w thŷ gwydr ar waelod yr ardd. Roedd hi wedi peintio pob un ffenest yn ddu. Teimlai Swyn fod hyn yn beth anhygoel o dwp i'w wneud gyda thŷ gwydr – beth oedd y pwynt cael gwydr os oedd y cyfan yn ddu? Pa blanhigion oedd yn tyfu mewn tywyllwch? Roedd beth bynnag oedd yn y tŷ gwydr wedi'i guddio rhag pawb a phopeth.

'Dwi wedi bod yn anymwybodol ers hydoedd, felly?' holodd Swyn, a'i dagrau'n dechrau arafu.

'Misoedd! Mi wnest ti daro dy ben yn y crashi-washi, ac roeddet ti yn yr ysbyty am hir. Wrth gwrs, roeddwn i'n ffonio'r ysbyty bob awr i gael clywed dy hanes di. Ro'n i'n poeni'n ofnadwy fod rhywbeth difrifol wedi digwydd i fy hoff nith.'

'Ond pam ydw i fan hyn os ydi fy esgyrn wedi torri?' gofynnodd y ferch.

Sugnodd y ddynes ar ei phib eto. 'Achos, fy nithi-withi, pwy ydi'r gorau yn y byd am ofalu amdanat? Fi! Mae'r 'sbyty yn llawn pobol iychi-pychi sâl. Gwell iti fod gartref yn dy wely dy hun, gyda Wagner a minnau'n cadw llygad arnat ti. Yntê, Wagner?'

Cusanodd y ddynes big ei thylluan, fel y byddai'n gwneud yn aml. Roedd Swyn yn casáu gweld hyn, a daeth

cryndod drosti – nid bod merch wedi'i rhwymo o'i phen
i'w thraed yn medru crynu rhyw lawer.

'Mae Wagner wedi edrych ar d'ôl di mor dda dros y
misoedd dwytha! Fel petaet ti'n fabi tylluan, ha ha!'

'Be ydach chi'n feddwl?' gofynnodd Swyn.

'Wel, a thithau'n anymwybodol, roedd hi'n anodd iawn
dy fwydo di. Ro'n i angen, ro'n i eisiau, dy gadw di'n fyw.
Felly ro'n i'n rhoi gwlithen fawr dew neu chwilen i Wagner,
roedd o'n ei chnoi, ac yna'n ei phoeri i mewn i dy geg wrth
i ti gysgu.'

Aeth wyneb y ferch yn welw. 'Mae hynny'n afiach!'

'Wel, tydi hynny'n fawr o ddiolch i ni, ydi o, Wagner?'
meddai Anti Alwen. 'Yr hen jadan fach! Mi wnawn ni dy
adael di am rŵan.' Cododd Alwen ar ei thraed a chododd
y fatres yn ôl i'w phriod le.

'Ble ydach chi'n mynd?' gorchmynnodd Swyn.

'O, dwi wedi bod yn ofnadwy o brysur ers marwolaeth
dorcalonnus dy rieni! Mae gymaint i'w wneud ... gwerthu
dillad dy fam, llosgi llythyrau a dyddiaduron dy dad ...'

'Ond byddwn i wedi trysori'r rheina!'

'Wel, dylet ti wedi dweud!'

'Ro'n i'n anymwybodol!'

bloeddiodd Swyn.

'Dydi hynny ddim yn esgus. O ia, a tra 'mod i'n cofio, dwi angen gofyn rhywbeth i ti.'

'Beth?'

Edrychai Anti Alwen braidd yn swil. Dewisodd ei geiriau'n ofalus. 'Wel, dwi wedi chwilio a chwilio am weithredoedd Plas y Sarnau.'

'Pam?'

'Achos fod y twll yma'n ormod o gyfrifoldeb i ferch ifanc fel ti! Faint ydi dy oed di?'

'Tair ar ddeg, bron,' atebodd Swyn.

'Deuddeg oed, felly?'

'Wel, ia.'

'Deuddeg oed! Dim byd ond plentyn bach. Mi fyddai'n well i dy anti-wanti edrych ar ôl Plas y Sarnau, byddai?'

Roedd Swyn yn dawel. Cofiai ei thad yn dweud wrthi sawl tro mai hi fyddai'n berchen ar Blas y Sarnau un diwrnod, ac roedd Swyn wedi addo gofalu am y lle am genhedlaeth arall. Wrth gwrs, doedd dim posib iddi wneud hyn ar ei phen ei hun, ond doedd hi ddim am i Alwen gael y plas, ar unrhyw gyfri.

'Ond...!' dechreuodd.

'Ond dim byd! Paid ti â drysu dy ben bach tlws yn poeni am hyn i gyd. Hen lol oedolion ydi o! Cyn gynted ag y do' i o hyd i weithredoedd y tŷ yn yr hen le yma, y cyfan fydd raid i ti ei wneud fydd arwyddo darn bach o bapur i drosglwyddo Plas y Sarnau i fi. Hynny ydi, i mi gael gofalu am y lle ar dy ran. Felly, fy nghwestiwn i ti ydi ...'

'Ia?'

Gwenodd y ddynes yn llydan, ac roedd ei hwyneb yn edrych fel mwgwd. 'Meddwl tybed oeddet ti'n gwybod ble mae'r hen weithredoedd diflas 'na?'

Ystyriodd Swyn am funud. Roedd ei mam a'i thad wedi dweud wrthi am beidio â dweud celwydd. Ond roedd rhywbeth yn dweud wrthi fod rhaid iddi nawr. 'Na.'

Roedd llais y ferch wedi mynd yn uwch, a doedd Alwen ddim yn siŵr a oedd hi'n ei chredu.

'Wyt ti'n siŵr?' Symudodd Alwen ei hwyneb yn agos, agos at wyneb ei nith. Ceisiodd Swyn ddal ei hanadl, am fod yr arogl mwg a sieri mor ofnadwy.

'Ydw,' atebodd y ferch. Ceisiodd beidio â blincio, rhag ofn i Anti Alwen weld ei bod hi'n dweud celwydd. Ond aeth ei cheg yn sych grimp, a bu'n rhaid iddi lyncu.

'Os ydw i'n dod i ddeall dy fod ti'n dweud celwydd, 'ngeneth i, mi fydd 'na drwbl. Wyt ti'n deall? Trwbl! **T, R, W, B, I, L,** trwbl.' Doedd sgiliau sillafu Anti Alwen ddim yn wych iawn.

'Rŵan, os oes angen unrhyw beth arnat ti, unrhyw beth o gwbl, cana'r gloch yma.'

Tynnodd gloch fach aur o boced ei siaced. Roedd hi 'run siâp yn union â thylluan fach. Ysgydwodd hi'r gloch ryw fymryn, a daeth ting-a-ling tawel, tawel ohoni.

'Bydda i neu Wagner yn dod atat ti cyn gynted â phosib.'

'Dwi ddim am fwyta mwy o'r hen stwnsh trychfilod gan y deryn mawr drwg yna!' gwaeddodd Swyn.

Doedd Wagner ddim wedi arfer efo'r ffasiwn sŵn, a neidiodd i fyny ac i lawr ar fraich ei feistres gan grawcian yn uchel. Roedd yr aderyn mor fawr nes i un o'r lluniau ar y wal syrthio wrth iddo fflapian ei adenydd. Craciodd gwydr ffrâm y llun. Llun priodas rhieni Swyn oedd o, a dyma oedd ei hoff ffotograff ohonynt. Safai'r ddau y tu allan i'r union eglwys lle'r oedd y ddau bellach wedi'u claddu. Edrychai'r ddau mor ifanc ac yn llawn cariad, ei mam yn brydferth yn ei ffrog briodas wen a'i thad yn olygus mewn het sidan a siwt ffurfiol.

Cododd Anti Alwen y ffotograff o'r llawr. 'Twt-twt-twt,' meddai, yn smalio bod ots ganddi. 'Edrycha be wyt ti wedi'i wneud rŵan, yr hen hogan wirion, yn dychryn Wagner bach fel 'na.' Tynnodd y ddynes y llun o'r ffrâm a'i wasgu'n bêl fach yn ei dwrn. 'Mi ro' i hwn ar y tân i ti!'

'Na!' sgrechiodd Swyn. 'Plis, peidiwch!'

'Dydi o ddim trafferth,' atebodd ei modryb. 'Rŵan, fel dywedais i cyn i ti wylltio, os oes angen rhywbeth arnat ti, cana'r glochi-wochi-pw.'

'Ond sut? Fedra i ddim symud modfedd!' meddai Swyn.

Pwysodd y ddynes dros wely ei nith.

'Agor dy geg!' gorchmynnodd, fel rhyw fath o ddeintydd dieflig. Agorodd Swyn ei cheg heb feddwl, a rhoddodd Anti Alwen y gloch rhwng ei gwefusau.

Chwarddodd y fodryb ar yr olwg od oedd ar Swyn, a gwichiodd y dylluan fel petai yntau'n chwerthin hefyd. Chwarddodd y ddau'r holl ffordd at ddrws y llofft, a'i gau yn glep y tu ôl iddynt.

BANG!

Clywodd Swyn y goriad yn troi yn y drws.

CLIC.

Doedd dim dianc o'r fan hyn.

VII

Y Lindys

Ond roedd rhaid i Swyn drio dianc. Er mai'r tŷ mawr hyfryd hwn oedd ei chartref, doedd hi ddim am fod ar ei phen ei hun gyda'r ddynes wallgof yma am eiliad yn fwy nag oedd rhaid. Roedd hi wastad wedi meddwl bod Anti Alwen yn rhyfedd. Pan oedd hi'n eneth fach, byddai ei modryb yn adrodd hen straeon traddodiadol cyn cysgu ond yn ychwanegu elfennau newydd, afiach. Ac yn straeon Anti Alwen, y cymeriadau drwg oedd yn ennill bob tro.

Hansel a Gretel
Nid y wrach sy'n cael ei gwthio i'r ffwrn yn y diwedd, ond y plant. Mae'r wrach yn byw yn hapus yn ei thŷ melysion am weddill ei hoes.

Y Tri Mochyn Bach

Mae'r blaidd mawr drwg

yn llwyddo i chwythu tai

y moch bach i ebargofiant.

Yna mae'n cael porc blasus

i frecwast, cinio a swper

bob dydd am wythnos gyfan.

Elen Benfelen a'r Tair Arth

Ar ôl i Elen Benfelen fwyta'r uwd,

mae'r eirth yn talu'r pwyth

yn ôl ac yn ei bwyta hi.

Eira Wen

Pan mae Eira Wen yn mynd i fwthyn y saith corrach, maen nhw'n ei chloi hi yno ac yn gwneud iddi lanhau a choginio drwy'r dydd. Mae Eira Wen yn treulio gweddill ei bywyd yn golchi hen drôns budr y corachod.

Y Rhiain Gwsg

Tydi hi byth yn deffro. Ond mae hi'n rhechu'n ddiddiwedd yn ei chwsg. Roedd Alwen wrth ei bodd yn creu effeithiau sain ar gyfer y stori yma, gan ddefnyddio hen drwmped.

Jac a'r Goeden Ffa

Mae Jac yn colli gafael ar
y goeden ffa wrth ddringo,
ac yn syrthio i'r ddaear ac
ar ben ei fam gyda
SPLAT!

Rapynsel

Mae'n gwbl foel. Pan mae'r
tywysog golygus yn ceisio
dringo i fyny'r tŵr i'w hachub,
y cyfan mae'n ei wneud ydi
tynnu'r wig o'i phen.

Y Tywysog Llyffant

Mae'r dywysoges yn cusanu'r
llyffant ac yn dal afiechyd
ofnadwy sy'n gwneud i'w phen-ôl
ffrwydro.

Y Tair Gafr

Mae'r ellyll sy'n byw dan y bont yn
bwyta'r geifr, yn bwyta'r bont, ac
yna'n torri gwynt yn uchel. Eto,
roedd Anti Alwen wrth ei bodd yn
creu'r effeithiau sain.

Y Fôr-forwyn Fach

Roedd hi'n boddi. Y diwedd.

Roedd y straeon yma'n gwneud i Swyn deimlo'n siŵr fod
ei modryb yn ddynes beryg. Roedd rhaid i Swyn ddianc.

Arhosodd i sŵn traed ei modryb ddiflannu i lawr y coridor hir. Roedd y gloch yng ngheg Swyn yn blasu'n rhydlyd, a phoerodd hi ar ben y flanced. Rholiodd y gloch i lawr ei chorff at ei bol. Edrychodd Swyn arni hi ei hun. Roedd popeth dan ei gwddf wedi'i lapio mewn rhwymau – mae'n rhaid bod milltiroedd o rwymau o'i chwmpas. Roedd Anti Alwen wedi dweud wrthi fod pob asgwrn yn ei chorff wedi torri, ond a oedd hynny'n wir? Roedd hi'n fwy tebygol fod y rhwymau yn ffordd o'i chadw hi yn ei lle. Cododd y ferch ei phen. Gallai symud ei gwddf yn berffaith. Teimlai'n siŵr petai 'na ffordd o gael gwared ar y rhwymau yma, gallai drio dianc i'r pentref.

Roedd Plas y Sarnau ychydig filltiroedd o'r pentref agosaf, tu hwnt i'r waun. Roedd hi'n rhy beryg i'w chroesi yn y nos, ond yn y dydd, gallai Swyn redeg i'r ffermdy agosaf mewn ychydig oriau. Byddai'n gallu cnocio'r drws ac erfyn am help. Roedd hi angen gwybod yn union sut y bu farw ei rhieni.

Ond cyn iddi ddianc o'r tŷ, roedd yn rhaid i Swyn ddianc o'r rhwymau.

Dechreuodd y ferch symud ei chorff o un ochr i'r llall. Rhoddodd wên fach wrth sylweddoli y gallai symud rhyw fymryn.

I'r chwith.

I'r dde.

I'r chwith.

I'r dde.

Fel siglen, fe symudai ychydig yn bellach bob tro.

I'r chwith.

I'r dde.

Rholiodd y gloch oddi ar ei stumog a tharo'r llawr pren.

BANG!

DiNG!

Roedd o'n ffordd bell i syrthio. Ond roedd Swyn yn dal i symud.

I'r chwith.

I'r dde.

Roedd hi'n symud yn gyflym bellach.

I'r chwith.   I'r dde.

I'r chwith.

Am ychydig, roedd hi ar ei hochr, ac yna teimlodd ei hun yn syrthio. Glaniodd ar ei hwyneb ar y llawr.

BANG!

'Awwww!' meddai, cyn difaru gwneud sŵn.

Roedd y rhwymau wedi llacio rhyw fymryn, a gallai Swyn symud ei breichiau a'i choesau fodfedd neu ddwy.

Mae hynny'n golygu nad ydyn nhw wedi torri! meddyliodd.

Symudodd ar hyd y llawr fel lindys, ond roedd hi'n araf, araf. Doedd dim pwynt. Gorweddodd ar y llawr, yn flinedig ac yn ddigalon. Byddai cyrraedd drws ei llofft yn cymryd mis, a blwyddyn gyfan i fynd i lawr y grisiau.

Gwyddai Swyn nad oedd posib iddi ddianc heb iddi gael gwared ar y rhwymau yn gyntaf. Ond sut? Fedrai hi ddim symud ei dwylo na'i thraed. Yna cafodd syniad.

Byddai'n rhaid iddi eu cnoi.

Rhoddodd Swyn ei gên yn isel, isel ar ei brest. Rhoddodd ei thafod allan i drio dal darn o'r rhwymyn. Yn union fel ceisio dal hwyaden rwber yn y ffair, roedd o'n llawer anoddach nag roedd Swyn wedi'i ddisgwyl. Ar ôl ceisio a thrio a gwneud ei gorau glas, daliodd ddarn o'r rhwymyn rhwng ei dannedd.

Tynnodd ei phen yn ôl, ac yna'i ysgwyd o ochr i ochr. Llaciodd y rhwymau ryw fymryn. Pan ddaeth stribed hir o ddefnydd yn rhydd, cydiodd ynddo'n dynn rhwng ei dannedd. Roedd hi fel ci oedd wedi dod o hyd i ddarn arbennig o bren, a doedd hi ddim am ollwng gafael.

Symudodd Swyn at ei gwely. Yn flinedig ond yn benderfynol, bachodd ben y rhwymyn ar un o'r sbrings pigog o dan y gwely. Yna, rholiodd Swyn. Drosodd a throsodd, tan fod y rhwymau'n agor.

Roedd o'n gweithio!

Bob tro roedd hi'n rholio, gallai deimlo gafael y rhwymau'n llacio ychydig mwy. Cyn hir, gallai symud ei breichiau rhyw fodfedd, ac yna ei choesau.

Roedd y lindys ar fin troi'n bilipala.

Er ei bod hi'n flinedig, roedd gwybod ei bod hi ar fin dod yn rhydd yn ei llenwi â chyffro. Roedd hi'n rholio'n gynt ac yn gynt, yn symud ei breichiau a'i choesau. Yn sydyn, roedd ei braich chwith yn rhydd, a gallai ddadwneud y rhwymyn gyda'i llaw.

Digwyddodd popeth yn gyflym.

Nesaf, daeth ei braich dde yn rhydd. Nawr gallai wthio'r rhwymau oddi ar ei chorff a'u cicio oddi ar ei choesau.

Am ychydig, gorweddodd ar lawr ei llofft. Dyna hynny drosodd. Gorweddai'r rhwymau'n un pentwr blêr yn ei hymyl, fel neidr oedd wedi'i lladd mewn brwydr fawr.

Roedd ystafell Swyn ar yr ail lawr. Symudodd y ferch yn araf at y ffenest, yn crynu yn ei choban. Wrth edrych i lawr ar yr ardd, oedd dan drwch o eira, gwyddai ei bod yn rhy bell i neidio.

Roedd siâp mawr tal ar waelod yr ardd fawr. Edrychai fel dyn eira, ond roedd bron cyn daled â'r tŷ, ac roedd ysgol yn pwyso yn ei erbyn. Beth yn y byd oedd o? Syllodd Swyn arno am ychydig, ond roedd hi'n tywyllu'n gyflym, ac roedd pob eiliad yn cyfri.

Roedd 'na broblem.

Y drws oedd yr unig ffordd allan o'i llofft, ac roedd y drws ar glo.

Dim ond un goriad oedd i'r drws.

Roedd y goriad ar ochr arall y drws.

VIII

Dianc

Roedd gan Swyn gynllun. Brysiodd draw at ei desg i nôl papur a phensil. Roedd mymryn o fwlch rhwng y llawr a gwaelod y drws mawr pren. Gwthiodd Swyn y papur dan y drws. Yna, gan ddefnyddio'r pensil, prociodd y goriad. Procio'n rhy galed, a byddai'n methu'r papur, ac yna byddai'r goriad yn gwneud CLANG mawr wrth lanio ar y llawr pren – digon o dwrw i dynnu sylw Anti Alwen.

Roedd rhaid gwneud hyn yn araf.

Llithrodd y goriad allan o'r twll.

C
L
I
N
C.

Glaniodd ar y darn papur.

Tynnodd Swyn y papur yn ôl dan y drws. Gwenodd yn llydan wrth weld y goriad. Cydiodd ynddo'n dynn, fel petai'r peth mwyaf gwerthfawr yn hanes y byd. Roedd ei dwylo bach yn crynu. Rhoddodd y goriad yn ôl yn y clo, ac fel dihiryn dirgel, trodd y goriad.

CLIC.

Roedd y drws wedi'i ddatgloi.

Trodd y ferch fach y bwlyn mawr euraid ac agorodd y drws – dim ond y mymryn lleiaf i ddechrau. Sbeciodd drwyddo i wneud yn siŵr fod neb yn ei gwylio. Roedd y coridor yn hir ac yn wag.

Roedd Swyn yn droednoeth yn ei choban. Doedd dim amser i wisgo amdani. Gallai Alwen ddod yn ôl unrhyw eiliad. Roedd rhaid iddi ddianc rŵan.

A hithau wedi byw ym Mhlas y Sarnau ar hyd ei hoes, roedd Swyn yn adnabod pob modfedd ohono, gan gynnwys lle roedd y llawr pren yn gwichian. Troediodd ar hyd y coridor, yn osgoi'r estyll swnllyd. Teimlai fel lleidr yn ei chartref ei hun.

O'r diwedd, cyrhaeddodd ben y grisiau, a syllodd i lawr. Gallai weld drws mawr derw Plas y Sarnau.

Roedd y grisiau yn waeth na'r coridor am wichiadau mawr swnllyd. Aeth y ferch fach yn ofalus iawn i'r llawr cyntaf.

Pan oedd hi hanner ffordd i lawr, clywodd sŵn y tu ôl iddi.

CLOMP CLOMP CLOMP.

Sŵn traed.

CLOMP CLOMP CLOMP.

Roedd rhywun yn agosáu ar hyd y coridor.

CLOMP CLOMP CLOMP.

Edrychodd Swyn y tu ôl iddi.

CLOMP CLOMP CLOMP.

Dim ond Nico, y gwas, oedd yna.

Ochneidiodd Swyn. Er cymaint roedd Swyn eisiau erfyn arno am help, doedd dim pwynt. Roedd yr hen ŵr bron yn gwbl ddall a byddar. Doedd dim ffordd o siarad ag o – roedd yn byw yn ei fyd bach ei hun.

Roedd siaced Nico'n llychlyd, ei fenig gwynion yn dyllau i gyd, a'i hen sgidiau carpiog yn llacio gyda phob cam. Ond

roedd yr hen was yn cerdded yn gefnsyth a balch i lawr y coridor gan gario hambwrdd arian gyda phlanhigyn bach mewn potyn arno. 'Brecwast, Eich Mawrhydi!' meddai'n fawreddog, wrth agor drws y cwpwrdd dillad a chamu i mewn iddo.

Ysgydwodd Swyn ei phen. Roedd yr hen was yn gwneud camgymeriadau o hyd.

Mor gyflym ac mor dawel â phosib, aeth Swyn yn ei blaen i lawr y grisiau.

WIIIIIIIIIIIIIIIIIIIIIIIIIIIIIIIIIIIIIIIIIII!

NA! Roedd hi wedi anghofio'r gris mwyaf swnllyd, yr olaf ond un o'r gwaelod. Beth petai wedi dod yr holl ffordd, dim ond i gael ei dal?

Ar ben pella'r coridor, gallai glywed synau'n dod o swyddfa ei thad. Roedd y lle'n cael ei ddinistrio – bocsys yn cael eu hyrddio i'r llawr, papurau'n cael eu taflu o gwmpas. Siaradai Alwen â hi ei hun, gan regi'n flin. 'Ble wyt ti wedi cuddio'r blincin gweithredoedd yna?'

Mae'n rhaid na chlywodd Alwen ei nith ar y grisiau, a dechreuodd Swyn sleifio at y drws.

BRRRR BRRRR BRRRR BRRRR.

Rhewodd Swyn.

BRRRR BRRRR BRRRR BRRRR.

Arhosodd yn gwbl lonydd.

BRRRR BRRRR BRRRR BRRRR.

Ond dim ond y ffôn yn swyddfa

ei thad oedd o.

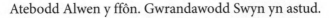

BRRRR BRRRR BR–

Atebodd Alwen y ffôn. Gwrandawodd Swyn yn astud.

'Plas y Sarnau. Arglwyddes y Sarnau'n siarad!' meddai'r ddynes. Ysgydwodd Swyn ei phen. Efallai mai'r Foneddiges Alwen oedd hi, ond nid hi oedd Arglwyddes y Sarnau! Mam Swyn oedd piau'r teitl yna, a rŵan ei bod hi wedi mynd, Swyn ei hun oedd wedi'i etifeddu.

'A! Brifathrawes! Hyfryd clywed gennych chi!'

Mae'n rhaid mai Miss Bleddyn oedd yna, prifathrawes Swyn yn Ysgol y Santes Agatha i Ferched Crand.

'Na, na, fydd hi ddim yn dychwelyd i'r ysgol yn y dyfodol agos. Does dim newid o gwbl, mae arna i ofn. Mae hi'n gwbl anymwybodol.'

Am gelwydd ofnadwy!

'Na, na, dim ymwelwyr! Mi wn i fod y Nadolig ar fin cyrraedd, ond mi gewch chi bostio ei hanrhegion ac mi wna i edrych ar eu holau nhw ar ei rhan. Ydi, Miss Bleddyn, mae'r sefyllfa yn drist iawn iawn. Yn arbennig i fi, gan 'mod i'n meddwl y byd o fy nith fach annwyl. O ia, wrth gwrs, mi wna i adael i chi wybod pan fydd hi'n deffro. Os bydd hi'n deffro, wrth gwrs. Rhaid i ni baratoi am y gwaethaf. Mae'n ddrwg gen i, Brifathrawes, ond rydw i'n torri 'nghalon wrth feddwl am y peth.'

Yna daeth sŵn Alwen yn udo.

'AAAAAAA-A-AAAA! A-A-A! WAAAAAAAAAAAAAA-A-AAAAAA! WAAAAAAAAA!!!!'

Yna gorffennodd yr alwad gyda, 'Hwyl i chi!' digon llawen.

DING!

Rhoddodd Alwen dderbynnydd y ffôn i lawr.

'Jolpan fusneslyd,' meddai Alwen wrthi ei hun.

Roedd Swyn wedi dychryn. '*Paratoi am y gwaethaf*'?
Beth oedd cynlluniau'r anti afiach ar ei chyfer? Roedd
rhaid iddi ddianc. Nawr.

Troediodd y ferch
heibio'r arfwisg fetel
a safai wrth y drws.
Roedd hi'n ofalus
rhag ei tharo, ac
osgoi'r arf a hongiai
o'r faneg, sef pêl
bigog ar gadwyn hir.
Byddai'n siŵr o wneud
twrw CLINC
ofnadwy ar y llawr.

Brysiodd Swyn yn dawel at y drws mawr derw. Trodd y
bwlyn, ond roedd o ar glo. Fel arfer, byddai'r drws ar agor
o hyd heblaw pan âi'r teulu o'r tŷ, ond roedd Alwen wedi'i
gloi o'r tu mewn. Er mwyn cadw ei nith yn gaeth, mae'n

siŵr. Ers i Swyn gofio, roedd yr holl oriadau'n cael eu cadw mewn cwpwrdd bach wrth y drws. Ond pan aeth hi yno i weld, roedd y cwpwrdd yn wag.

Dringodd y ferch ar sil y ffenest i geisio ei hagor. Roedd honno dan glo hefyd. Byddai torri'r ffenest yn rhy swnllyd o lawer, ac Anti Alwen yn siŵr o glywed.

Wrth i Anti Alwen barhau i edrych am y gweithredoedd, yn rhegi ac yn cadw sŵn, cofiodd Swyn am rywbeth. Byddai ei mam a'i thad yn cadw goriad dan y mat, rhag ofn. Mae'n siŵr nad oedd Alwen yn gwybod am hwnnw. Cododd Swyn y mat, a gweld y goriad rhydlyd yna, fel hen drysor gwerthfawr.

Wrth iddi sythu a'r goriad yn ei llaw, sylweddolodd Swyn fod rhywbeth yn ei gwylio. Dau lygad mawr melyn. Llygaid tylluan. Roedd Wagner yn hongian ben i lawr o'r golau. Fel ystlum. Ystlum tylluanaidd afiach.

IX

Hela

Os ydych chi'n dysgu un peth wrth ddarllen y llyfr yma, dwi'n gobeithio mai dyma ydi o:

Does dim posib dal pen rheswm gyda Thylluan Fynydd Fafaraidd Fawr.

'H-h-helô, W-W-W-Wagner,' meddai Swyn yn bwyllog. 'Paid â phoeni amdana i, dwi'n picied tu allan i gael mymryn o awyr iach ...'

Syllodd Wagner arni.

'Does dim angen dweud gair am hyn wrth Anti A-A-Alwen!'

'CRAAAAAAAWC!'

Roedd crawcian Wagner yn amhosib o uchel.

'CRAWC! CRAWC! CRAWC!'

'Sh!' erfyniodd y ferch.

Doedd dim pwynt. Doedd o ddim yn gwrando.

Cyn bo hir roedd yr aderyn anferth yn chwifio ei adenydd enfawr, gan daro'r arfwisg fetel anferth, ac i lawr â hi i'r llawr.

CRASH!
BANG!
CLINC!

'Sh ..! Sh ..! Y deryn gwirion!'

Parodd hyn i Wagner grawcian yn uwch, a chwifio'i adenydd yn fwy gwyllt.

O fewn eiliadau, clywodd Swyn ei Hanti Alwen yn taranu o'r swyddfa tuag ati.

'Wagner,' galwodd. **'WAGNER...!'**

Yn crynu gan ofn, gwthiodd Swyn y goriad i mewn i'r twll. Ceisiodd ei droi.

O gornel ei llygad, gallai Swyn weld ei modryb yn dod yn nes ac yn nes ar hyd y coridor hyd. Doedd Alwen ddim yn un am redeg yn gyflym. Roedd hi'n fwy o ddynes reslo, ond roedd hi'n fawr ac yn soled, fel tanc.

Ar ôl eiliad a deimlai fel awr, clywodd y ferch glic y clo yn agor. Trodd y bwlyn, a thaflu ei hun i'r tywyllwch y tu allan.

Roedd y lleuad yn llawn ac yn isel, gan oleuo'r eira trwchus ar lawr. Symudai ei thraed mor gyflym fel na fedrai deimlo'r oerfel, a rhedodd a rhedodd o gyfeiriad y tŷ, yn syth i mewn i'r ffigwr mawr o eira oedd yn yr ardd. Mae'n rhaid ei fod o ddeg gwaith yn dalach na

hi. Edrychodd Swyn yn ôl dros ei hysgwydd, a gweld ei modryb yn y drws, a Wagner ar ei braich. Roedd hi'n gwbl lonydd. Hynny oedd yn dychryn Swyn – pam nad oedd Anti Alwen yn rhedeg ar ei hôl?

'TYRD Â'R FERCH FACH HYLL YNA ATA I!' sgrechiodd y ddynes, a llamodd y dylluan i'r awyr.

Curai calon Swyn fel gordd. Edrychai'r giatiau mawr haearn yn bell i ffwrdd. Roedd ei thraed yn rhewi bellach, ac roedd hi'n baglu wrth redeg.

Uwch ei phen, gallai Swyn glywed adenydd y dylluan. Edrychodd i fyny i'r awyr ddu, ond doedd dim golwg o'r aderyn. Roedd y sŵn yn mynd yn uwch ac yn uwch, a Wagner yn dod yn nes ac yn nes.

O'r drws, roedd Anti Alwen yn gweiddi ei gorchmynion.

'DOS I'W NÔL HI, WAGNER! DOS I'W NÔL HI!'

Ceisiodd Swyn redeg yn gynt. Rhedodd yn gyflymach nag y gwnaeth erioed o'r blaen. Roedd yn rhaid iddi ddianc. Cyrhaeddodd giatiau mawr Plas y Sarnau. Tynnodd arnyn nhw, ond roedd y giatiau wedi cloi. Roedd Swyn druan yn fyr o anadl ac roedd ei thraed yn brifo, a'i chroen yn llosgi gan yr oerfel. Ond roedd yn rhaid iddi barhau i frwydro! *Mae'n rhaid bod 'na ffordd arall!* meddyliodd. Dechreuodd redeg ar hyd y wal. Roedd hi'n wal frics dal, ond efallai fod bwlch ynddi'n rhywle, neu goeden y gallai Swyn ei dringo a neidio i un o'r caeau ar yr ochr draw.

'RWÂN!'

gwaeddodd Alwen.

Gallai Swyn glywed yr aderyn anferth yn plymio drwy'r awyr tuag ati. Feiddiai hi ddim codi ei phen, dim ond parhau i redeg. Yn sydyn, doedd ei thraed ddim yn cyffwrdd y llawr mwyach. Roedd ei choesau'n dal i symud, ond roedd hi bellach yn hedfan drwy'r awyr.

'CRAWC!'

Roedd sŵn byddarol yn ei chlust. Edrychodd i fyny a gweld crafangau miniog Wagner yn cydio'n dynn yn ei hysgwyddau. Roedd y dylluan wedi'i chodi o'r llawr fel petai'n hela am ei swper.

Ceisiodd Swyn ddianc o grafangau Wagner. Dechreuodd bwnio'r aderyn gyda'i dyrnau. Gwibiodd yr

aderyn yn uwch ac yn uwch i'r awyr ddu. Edrychodd Swyn i lawr: roedd hi'n ffordd bell iawn i syrthio o'r fan hyn. Petai'r dylluan yn ei gollwng, byddai'n glanio'n swp ar lawr. Caeodd Swyn ei llygaid yn dynn, dynn.

Gwyliodd Anti Alwen y dylluan yn hedfan mewn cylchoedd mawr yn yr awyr, cyn dychwelyd i'r tŷ, a'i nith yn y crafangau. Gwenodd y ddynes yn aflan.

X

Y Seler

'Wrth gwrs, mae hyn i gyd er dy les di, 'ngeneth i,' meddai Anti Alwen.

Roedd y ddynes wedi mynd â'i nith i lawr i seler lo fach dywyll o dan y tŷ. Roedd pob modfedd o'r waliau, y llawr a'r nenfwd yn gwbl ddu gan lwch glo. Gan fod y seler dan y ddaear, roedd hi fel bol buwch yno. Yr unig olau oedd y gannwyll wan a ddaliai Alwen. Eisteddai Wagner ar ei llaw arall. Roedd Swyn – yn droednoeth ac yn gwisgo dim ond ei choban – wedi gorfod eistedd ar lawr. Safodd Alwen drosti, yn fawr ac yn frawychus.

'Fedrwch chi mo 'nghloi i yma!' meddai Swyn.

'Mae hyn er dy les di ...' atebodd y ddynes.

'Sut fedr cael fy nghloi mewn seler fod er fy lles i?!' Roedd Swyn yn dal i ddadlau.

'Achos, Swyni-wyni, rŵan fod dy rieni wedi cicio'r bwced, mae'n rhaid i dy hoff anti-wanti-w edrych ar d'ôl di.'

'Ond chi ydi'r unig anti sydd gen i!' meddai'r ferch.

'Felly mae'n rhaid mai fi yw dy ffefryn! Rŵan, dwi'n gwybod bod colli dy fam a dy dad yn anodd – dwi'n torri 'nghalon ...'

'Dydych chi ddim yn edrych yn ddigalon o gwbl!' wfftiodd Swyn, ond smaliodd Alwen nad oedd hi wedi clywed.

'... Ond paid byth â thrio dianc eto. Allan yn yr eira yn dy goban, heb ddim byd ar dy draed! Bobol annwyl, mi ei di'n i'n sali-wali.'

'Dwi angen gwybod be yn union ddigwyddodd i fy rhieni!' mynnodd y ferch.

Ymdawelodd Anti Alwen am ychydig, ac aeth ei llygaid yn fach ac yn gul. 'Dwi wedi dweud wrthot ti'n barod. Damwain. **D, A, M, W, A, E, N.** *
A dyna ni!' Roedd pob llythyren yn uchel, fel bwled o wn.

'Celwydd!'

'Paid ti â meiddio, yr hen hogan ddrwg! Dydi Anti Alwen byth yn dweud celwydd.'

'Mi ddywedoch chi fod fy holl esgyrn wedi torri! Celwydd oedd hynny!'

Gallai Swyn weld fod y ddynes yn gwylltio. Roedd ei thrwyn yn dechrau symud yn od, fel trwyn llygoden, ond roedd hi'n ceisio cuddio'i thymer.

'Roedden nhw wedi torri, 'ngeneth i! Pob un wan jac! Dyma pam roeddet ti mewn rhwymau.'

'Ac mi ddywedoch chi wrth fy mhrifathrawes ar y ffôn 'mod i'n anymwybodol!'

---

*Da chi, peidiwch ysgrifennu ataf i gwyno nad ydw i'n gallu sillafu. Nid fi sydd ar fai fod par o drôns yn gallu sillafu'n well nag Anti Alwen. Os ydych chi am ysgrifennu i gwyno, anfonwch y llythyr at Ms Alwen Sarnau, Plas y Sarnau, ger Pentref y Sarnau, Cymru.

Chwyrnodd Anti Alwen yn isel ac yn hir.

'Gggggggggrrrrrrrr!'

Cafodd y dylluan syndod o glywed y sŵn ofnadwy. Trodd Wagner ei ben i edrych ar Alwen, a gwnaeth hithau ei gorau i beidio â gwylltio. 'Newydd ddeffro oeddet ti, 'ngeneth i! A doeddet ti ddim yn barod i fynd yn ôl i'r ysgol yn syth. Do, efallai 'mod i wedi plygu'r gwir ryw fymryn bach bach bach, ond dim ond er mwyn dy warchod di, Swyni-wyni-cwyni-cw.'

Roedd gan Anti Alwen ateb i bob dim. Ochneidiodd Swyn. 'Dwi'n llwglyd, ac yn sychedig.'

'Wrth gwrs dy fod ti, 'ngeneth annwyl i! Mae Wagner yn hapus i wneud un o'i smŵddis arbennig i ti!' meddai'r ddynes yn frwd.

'Smŵddi?' gofynnodd y ferch.

'Ia, dyna roeddet ti'n ei gael pan oeddet ti'n anymwybodol. Maen nhw'n llawn daioni! A dweud y gwir, mae gen i gynhwysion gwych yn fy mhocedi. Bydd Wagner yn cnoi'r cyfan er mwyn troi popeth yn hylif.'

'Na!' gwaeddodd Swyn.

Rhoddodd Anti Alwen ei dwylo yn ei phocedi. 'Beth wyt ti'n ei ffansïo?' gofynnodd yn llawen. Daeth o hyd i chwilen a llygoden fach. 'Smŵddi chwilen a llygoden?'

'Naaaaaa!' gwaeddodd y ferch.

Chwiliodd Alwen am rywbeth arall. 'Diod deryn du a broga?'

'Naaaaaa!'

'Be am smŵddi mwydod a thwrch daear?'*

'Naaaaaa!'

---

*Blasau eraill oedd ar gael:
Dyfrgi a malwoden; penbwl a llygoden fawr; titw tomos las a lindysyn; ystlum a chorryn; broga a chacynen; gwyfyn a llwynog; draenog a neidr gantroed; carlwm a chwannen; sliwen a sboncyn y gwair; neidr a madfall.

Roedd Wagner yn cyffroi wrth weld yr holl fwyd, gan symud ei ben a chrawcio'n uchel. Gollyngodd Anti Alwen ambell un o'r creaduriaid, druain, i'w big. Dechreuodd Wagner gnoi a chrensian.

'Mi gei di ychydig o bob dim! Rwyt ti'n ferch lwcus, wyt wir!'

'Dwi'n meddwl 'mod i'n mynd i fod yn sâl!' Gorchuddiodd Swyn ei cheg â'i llaw.

'Mae 'na fwced yn y gornel. Mi gei di wneud dy fusneswusnes yn fan'no hefyd. Dy bw-pw-pwdli-pwps a dy bi-pi-widli-wi!' Trodd y ddynes yn ôl at y dylluan. 'Wagner, llynca!' Llithrodd y bwyd i lawr corn gwddf yr aderyn. 'Dyna gwdihŵi-wywi fach dda.' Plannodd Alwen gusan ar ei big, cyn symud draw at y drws mawr haearn.

'Fedrwch chi mo 'ngadael i yma!' ymbiliodd Swyn.

'Er dy les di, 'ngeneth i, rhag ofn i ti drio dianc eto.'

'Lle ydach chi'n mynd?' gofynnodd y ferch.

'Rhaid i mi ddod o hyd i'r hen weithredoedd yna. Doedd dim golwg ohonyn nhw yn swyddfa dy dad. Mi wnes i drio holi Nico, ond roedd o'n meddwl mai ceffyl oeddwn i. Roedd o'n canu, "gee ceffyl bach" ac yn trio rhoi mwythau a bwydo lympiau siwgr i mi!'

Ceisiodd Swyn beidio â chwerthin.

'Dwi wedi chwilio ym mhob twll a chornel am y gweithredodd,' meddai ei modryb. 'Roedd dy dad wedi ysgrifennu yn ei ewyllys ei fod o wedi'u cuddio nhw yn rhywle na fyddwn i byth yn dod o hyd iddyn nhw. Mae'r peth yn wallgof bost!' Stampiodd Alwen ei thraed yn ddig, a syllodd i lawr ar ei nith betrus. 'Wyt ti'n siŵr nad wyt ti'n gwybod lle maen nhw, 'ngeneth i?'

'Ydw,' meddai Swyn, fymryn yn rhy sydyn.

Roedd Alwen yn amau fod y ferch yn dweud celwydd. 'Wyt ti'n siŵr na ddywedodd dy annwyl dad 'run gair wrth ei eneth fach?'

'Ydw, yn gwbl siŵr.' Llyncodd Swyn ei phoer. Gwyddai'n iawn lle roedd y gweithredoedd. Roedd ei thad wedi dweud wrthi, ac roedd y guddfan yn un wych, yn rhywle roedd y diweddar Arglwydd y Sarnau'n sicr na fyddai ei chwaer yn edrych, byth bythoedd.

A allwch chi ddyfalu?

XI

Tu ôl i'r Waliau

Roedd gweithredoedd y tŷ yn y llyfr *Rheolau Tidliwincs*.

Wrth iddi chwilio am weithredoedd Plas y Sarnau, roedd Cenwyn, tad Swyn, yn siŵr y byddai ei chwaer yn gwagio'r cypyrddau, yn twrio drwy'r swyddfa, ac yn codi estyll y llawr, hyd yn oed. Ond fyddai hi byth yn edrych yn fan'no. Wrth gwrs, roedd Anti Alwen yn twyllo bob tro wrth chwarae tidliwincs. Doedd ganddi ddim

diddordeb o gwbl yn y rheolau – roedd ganddi ei rheolau ei hun. Rheolau Alwen. Rheolau a allai newid mewn dim. Doedd y llyfr ddim wedi cael ei agor erioed. Roedd o'n lle perffaith i guddio'r gweithredoedd.

Yn y seler lo, edrychodd Anti Alwen i lawr ar ei nith.

'Wel, Swyn, mae'n well i ti feddwl yn galed-waled lle mae'r gweithredoedd yna.'

'Does gen i ddim clem.'

'Dyna dy ateb di rŵan, ond efallai y byddi di'n cofio ar ôl ychydig ddyddiau yn y tywyllwch yn fa'ma. Nos da!'

Gyda hynny, camodd Anti Alwen o'r seler a chau'r drws yn glep y tu ôl iddi, cyn ei gloi o'r ochr draw. Y tro hwn, tynnodd y goriad o dwll y clo. Doedd hi ddim am weld yr un peth yn digwydd eto. Gwrandawodd Swyn ar sŵn traed Anti Alwen yn pellhau wrth iddi ddringo'r grisiau cerrig yn ôl i'r tŷ.

Heb olau'r gannwyll, roedd y seler fel y fagddu. Roedd ofn tywyllwch ar Swyn, druan. Heb ddim ond ei choban denau amdani, aeth Swyn ar ei phedwar i gyfeiriad y drws. Gan ddefnyddio'i dwylo, daeth o hyd i fwlyn y drws, ond wnâi o ddim troi. Doedd dim pwynt trio, ond roedd Swyn yn torri'i bol eisiau dianc o'r hen le ofnadwy yma. Crwydrodd o gwmpas yr ystafell yn teimlo'r waliau i weld a oedd tyllau neu rychau yn rhywle. Doedd dim. Roedd y llawr carreg llyfn yn oer, oer.

'Aw!' Trawodd ei phen ar fwced, ac yna daeth o hyd i bentwr o lo yn y gornel. Doedd dim byd i'w wneud ond ceisio gorffwys. Symudodd Swyn y glo i wneud rhyw fath o obennydd iddi ei hun. Gorweddodd, ac wylodd yn dawel, gan obeithio y gallai hi gysgu.

Fel roedd hi'n cau ei llygaid, clywodd sŵn, fel petai rhywbeth yn symud y tu hwnt i'r waliau. Roedd hi wedi clywed y sŵn o'r blaen wrth iddi syrthio i gysgu yn ei llofft bach ei hun, ac roedd o wedi codi ofn arni. Weithiau, byddai Swyn yn rhedeg i ystafell Mam a Dad, ble byddai ei rhieni yn gadael iddi gysgu yn y canol rhwng y ddau

ohonynt. Byddai'r ddau'n mwytho'i gwallt, ac yn cusanu ei phen. Byddai Dad yn dweud mai llygoden fach oedd wedi gwneud y sŵn, neu'r hen bibau dŵr.

Byddai Swyn wrth ei bodd petai hi'n gallu rhedeg i lofft ei rhieni heno. Byddai'n rhoi'r byd i gyd, ei dyfodol a'i gorffennol, am un funud fach yn cofleidio Mam a Dad.

Roedd y sŵn yn uwch erbyn hyn. Roedd rhywun neu rywbeth ar ochr arall y wal, yn symud yn nes ac yn nes. Rhywbeth oedd yn fwy na llygoden, a doedd dim pibau dŵr i lawr yn y seler. Daliodd Swyn ei hanadl. Efallai, os oedd hi'n cadw'n llonydd ac yn dawel iawn, byddai'n saff, a byddai'r peth yn mynd heibio. Curai ei chalon fel gordd.

BDWM BDWM BDWM.

Roedd curiad ei chalon mor uchel.

BDWM BDWM BDWM.

Yn nhawelwch y seler, swniai mor uchel â tharan.

BDWM BDWM BDWM.

Daliodd Swyn ei hanadl. Yna, o'r tywyllwch, clywodd lais plentyn yn dweud, 'Helpwch fiiiiii ...'

Sgrechiodd Swyn.

XII

Posho

'Aaaaaaaaaaaaaaaaaaaa
aaaaaaaaaaaaaaaaaaaa
aaaaaaaa!!!!!!!!'

'O bobol annwyl, rho'r gora i sgrechian!' meddai'r llais.

Gwnaeth hyn i Swyn sgrechian yn uwch.

'Aaaaaaaaaaaaaaaaa
aaaaaaaaaaaaaaaaaa
aaaaaaaaaaaaaaaaaaaa
aaaaaaaaaaaaaaaaaaaa
aaaaaaaaaaaaaaaaaaaa
aaaaaaaaaa!!!!!!!!!!!!!'

'O, cau dy geg, hogan!' Llais bachgen oedd o. Roedd

ganddo lais garw, ac acen wahanol i un Swyn.

Roedd y seler fel bol buwch, a doedd gan Swyn ddim syniad pwy oedd yn siarad â hi.

'Pwy wyt ti?' gorchmynnodd.

'Wel, mi ddeuda i wrthot ti, hogan, ond dim ond os wyt ti'n addo peidio sgrechian,' atebodd y llais.

'I-i-iawn.'

'Gaddo?'

'Dwi'n addo,' atebodd Swyn, ychydig yn fwy pendant y tro hwn.

'Barod?'

'Ydw.'

Wyt ti'n siŵr na wnei di sgrechian, hogan?'

'YDW!' atebodd Swyn yn bigog.

Bu tawelwch am ychydig.

'Tyrd 'ta!'

'Iawn. Wel ... ysbryd ydw i.'

'AAAAAAAAAAAAAAAAAAA
AAAAAAAAAAAAAAAAAAA
AAAAAAAAAAAAAAAAAAA
AAAAAAAAAAAAAAAAAAA

AAAAAAAAAAAAAAAAAAAA
AAAAAAAAAAAAAAAAAAAA
AAAAAAAAAAAAAAAAAAA
AAAAAAAAAAAAAAAAAAAAA
AAAAAAAAAAAAAAAAAAAAA
AAAAAAAAAAAAAAAAAAAAA
AAAAAAAAAAAAAAAAAAAAA
AAAAAAAAAAAAAAAAAAAAA
AAAAAAAAAAAAAAAAAAAAA
AAAAAAAAA!!!' sgrechiodd Swyn.

Roedd yr ysbryd yn flin. 'Mi wnest ti sgrechian, ar ôl hynna i gyd!'

'Wel, doeddwn i ddim yn gwybod dy fod ti am ddweud mai ysbryd wyt ti!' meddai'r ferch.

'Bysa'n well gen ti 'mod i'n deud c'lwydda', hogan?'

'Dweud be?'

'C'lwydda'! Celwydd, fel 'sa ti'n ei ddweud.'

'O, ia.'

'Be wyt ti am i mi wneud? Dweud mai fi ydi Siôn Corn?'

'Na, ond ...' meddai'r ferch.

'Ond be?'

'Galli di ddim bod yn ysbryd! Does dim ffasiwn beth! Dyna ddywedodd Mami a Dadi.'

Roedd gwên fach yn llais yr ysbryd nawr. 'O, ia? Mami a Dadi?' Chwarddodd ar acen grand y ferch. 'La-di-da! Os oes dim ffasiwn beth ag ysbrydion, pam wnest ti sgrechian?'

Bu tawelwch am ychydig. Fedrai Swyn ddim meddwl am ateb, yna dywedodd, 'Efallai 'mod i'n hoffi sgrechian.'

'Ha! Go brin!'

'Wel, mae'n gwbl ddu yma. Fedra i mo dy weld ti. Fedra i ddim gweld unrhyw beth! Mi gei di brofi i mi dy fod ti'n ysbryd.'

'Iawn!' daeth yr ateb pendant. 'Dim ond i ti symud 'chydig o'r glo 'ma o'r ffordd.'

'Fi? Yn symud glo?!' atebodd y ferch

mewn syndod. Er nad oedd gan y teulu arian, roedd Swyn wedi bod yn lwcus. Doedd hi ddim wedi arfer cael rhywun yn dweud wrthi beth i'w wneud, yn arbennig pethau fel symud glo budr. Ac yn arbennig rhywun oedd yn siarad yn rhyfedd, ac oedd yn amlwg heb gael gwersi ar sut i siarad yn iawn mewn ysgol grand fel ysgol Miss Bleddyn.

'Ia, ti!' atebodd yr ysbryd. Doedd o'n amlwg ddim am ddioddef unrhyw lol gan Swyn, ond doedd hi ddim am ildio eto.

'Pam na fedri di ei symud o?' gofynnodd Swyn. Roedd hi'n siŵr fod rhywun fel fo wedi hen arfer symud glo. A dweud y gwir, roedd hi'n siŵr y byddai o wrth ei fodd yn gwneud. Byddai'n bleser, yn fraint! Efallai, pe bai o'n dathlu ei ben-blwydd heddiw, gallai symud y glo fod yn rhyw fath o anrheg arbennig.

'Dwi'n sownd ar ochr arall y wal, dydw? Does gen i ddim lle i ddod drwodd.'

'Ond ysbryd wyt ti!'

'Dwi'n gwbod hynny!'

'Wel, fedri di hedfan, neu gerdded drwy'r wal?'

'Na. Fedr ysbrydion go iawn ddim cerdded drwy waliau.'

Yr unig bethau a wyddai Swyn am ysbrydion oedd yr hyn roedd hi wedi'i ddarllen amdanyn nhw mewn straeon arswyd. Roedd o'n dipyn o siom clywed na fedrai ysbrydion go iawn gerdded drwy waliau. Ac wrth gwrs, golygai hynny fod rhaid iddi symud y glo ei hun.

'Mae'n ddrwg gen i, doedd gen i ddim syniad,' meddai. Ac eto, wnaeth hi ddim symud modfedd, gan obeithio y byddai'r ysbryd yn meddwl am ffordd o symud y glo ei hun.

'O, tyrd 'laen!' cwynodd yr ysbryd. 'Tân 'dani, i ti gael gorffen yn go handi!'

Ochneidiodd Swyn, a phlygodd ar ei chwrcwd i geisio dod o hyd i'r darnau glo ar lawr carreg y seler. Dechreuodd symud y darnau i'r naill ochr. Roedd o'n waith caled, a phan bwyllodd Swyn am eiliad i gael ei gwynt ati, gwaeddodd yr ysbryd, 'Tyrd 'laen, hogan!'

'Dwi'n gweithio mor gyflym ag y medra i!' gwaeddodd Swyn yn ôl. 'Mae'n ddrwg gen i, ond dydw i ddim wedi arfer symud glo!'

Chwarddodd yr ysbryd. 'Wel naddo, siŵr! Rwyt ti'n un o'r Poshos!'

'Be?'

'Posho!' Swniai'r ysbryd fel petai wir yn mwynhau dweud y gair, a dechreuodd ei ailadrodd dro ar ôl tro.

'Posho, posho, posho!'

Roedd o'n blentynnaidd iawn, ond dyna fo, plentyn oedd o. Wel, ysbryd plentyn.

'Dydw i ddim yn posho!' meddai'r ferch, wedi'i synnu gan yr ysbryd digywilydd.

'Nag wyt, siŵr!'

'Diolch.'

'Rŵan, tyrd 'laen, Posho! Gweithia'n galetach! Ha ha!'

Nawr, rydw i'n gwybod yn iawn be sydd yn mynd trwy eich meddwl – pam nad oes lluniau yn y bennod hon? Wedi'r cyfan, y lluniau ydi'r rhannau gorau. Wel, mae hynny oherwydd bod y rhan hon o'r stori'n digwydd mewn tywyllwch llwyr. I'r rhai ohonoch chi sy'n hoffi lluniau, dyma rai i chi.

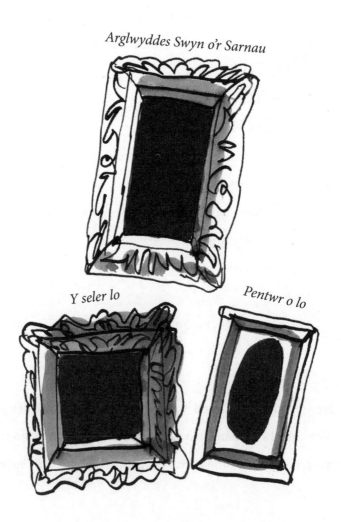

Arglwyddes Swyn o'r Sarnau

Y seler lo

Pentwr o lo

XIII

Golau ar Ffurf Bachgen

Doedd dim pwynt i Swyn ddadlau â'r ysbryd. Ochneidiodd a dychwelyd at ei gwaith. Gan weithio'n ddygn yn y tywyllwch, symudodd Swyn y glo dros lawr y seler.

Ar ôl sbel, gallai weld golau egwan. I ddechrau, fedrai hi ddim gweld beth oedd o, ond wrth iddi symud mwy o lo, gwelodd fod pâr o draed yno, traed budr oedd rhywsut yn llawn goleuni. Gan ei bod hi bellach yn medru gweld beth oedd hi'n ei wneud, cyflymodd y ferch wrth ei gwaith. Cyn bo hir, roedd y glo i gyd wedi'i glirio, ac yn sefyll o'i blaen roedd golau ar ffurf bachgen.

Roedd o'n gwisgo trowsus byrion, crys, a chap pig. Daliai frws dros un ysgwydd. Roedd o'n amlwg wedi bod yn fachgen glanhau simneiau, plentyn o'r oes a fu fyddai'n cael ei anfon i fyny simneiau i gael gwared ar y llwch glo a'r huddygl. Ond bellach, roedd o'n ysbryd llawn amser.

'Mi gymraist ti dy amser!' meddai gyda gwên gyfeillgar.

Prin y gallai Swyn gredu'r hyn oedd o'i blaen. Hi oedd wedi bod yn iawn ar hyd y blynyddoedd! Ysbryd oedd yn gyfrifol am y synau od ym Mhlas y Sarnau ynghanol y nos. Dyma'r prawf, mewn cig a gwaed. Wel, na, nid mewn cig a gwaed yn hollol.

'Rwyt ti braidd yn fyr i fod yn ysbryd,' sylwodd Swyn.

'O, diolch yn fawr! Ar ôl cuddio ers oes mul ...'

'Mul?' holodd Swyn mewn penbleth.

'Hydoedd. Cuddio am hydoedd.'

'O.'

'Dwi wedi bod yn cuddio ers blynyddoedd rhag ofn i mi godi ofn ar rywun, ac mae'r person cynta sy'n fy ngweld i yn deud 'mod i'n rhy fach!'

'Mae'n ddrwg gen i,' meddai Swyn, ac roedd hi'n golygu pob gair.

'Na, na, ti wedi'i ddeud o rŵan, yn do? Fi wnaeth dy glywed ti'n crio, a meddwl tybed y medrwn i helpu ...'

'Doeddwn i ddim yn crio, ddim go iawn. Roedd gen i rywbeth yn fy llygad,' atebodd y ferch, gan drio swnio mor aeddfed â phosib. 'Ond mae hynny'n garedig iawn. Gad i ni drio bod yn ffrindiau.' Ymestynnodd ei llaw. 'Fi yw'r Arglwyddes Swyn o Blas y Sarnau.'

'Wwwwww! La-di-da a la-di-de!' Roedd yr ysbryd yn meddwl bod hyn yn ddoniol iawn, a dechreuodd ddynwared llais crand Swyn. 'Pleser ac anrhydedd, Arglwyddes Posho o Blasty Posho yn Nhre-posh!' Dechreuodd foesymgrymu, a theimlai Swyn yn sicr ei fod o'n gwneud hwyl am ei phen.

Gwenodd Swyn yn stiff. 'Beth ydi d'enw di, 'ta?'

'Glo.'

'Na, gofyn dy enw wnes i, ddim beth sydd ar lawr wrth dy ochr.'

'Wn i. Glo ydw i.'

'Glo? Dyna dy enw di?'

'Ia.'

Chwarddodd y ferch. 'Dydi hwnna ddim yn enw! Fedri di ddim cael enw fel Glo, siŵr iawn!'

Doedd yr ysbryd ddim yn edrych yn hapus o gwbl. 'O, dyna ti eto, yn chwerthin ar fy mhen i!'

'Un doniol wyt ti!' atebodd y ferch, cyn rholio chwerthin. 'HA HA HA!'

Plethodd Glo ei freichiau, gan aros i'r ferch ddigywilydd yma roi'r gorau iddi. 'Ti 'di gorffen?'

'Do!' atebodd Swyn, gan sychu dagrau'r chwerthin o'i llygaid. 'Felly, dweda wrtha i, sut mae rhywun yn cael enw fel Glo?' Gwnaeth ei gorau i beidio â chwerthin wrth ddweud yr enw.

'Dim fy mai i ydi o! Ches i 'rioed 'run enw iawn. Mi ges i 'ngadael pan o'n i'n fabi, a'm symud i'r wyrcws. Dwn i ddim pwy oedd fy mam a 'nhad.

Roedd dyn y wyrcws yn ein curo ni i gyd efo'i wregys.'

'NA!'

'Oedd, hyd yn oed pan oedd neb wedi gwneud unrhyw beth o'i le. Felly mi wnes i ddianc. 'Mond hogyn bach oeddwn i, ac mi gwrddes i â giang o ffrindiau oedd yn byw ar y stryd. Roedden nhw'n fodlon rhoi to uwch fy mhen a rhoi bwyd i mi os oeddwn i'n fodlon gweithio fel hogyn llnau simnai. Felly dyna wnes i. Ac un diwrnod, pan o'n i'n llwch du o'm corun i'm sawdl, mi ges i'r enw Glo.'

Erbyn hyn, roedd y ferch yn teimlo'n euog iawn am chwerthin am ei ben. Roedd y bachgen druan wedi cael bywyd hollol wahanol iddi hi. Doedd Swyn erioed wedi bod i wyrcws, a doedd ganddi ddim syniad am y pethau ofnadwy oedd yn digwydd yno. A gorfod dringo i fyny simneiau i lanhau llwch a huddygl? Wel, roedd hynny'n ddychrynllyd. 'Mae'n wir ddrwg gen i,' meddai. 'Ddylwn i ddim fod wedi chwerthin. Ond dwi heb gwrdd â neb o'r enw Glo o'r blaen.'

'Paid â phoeni am y peth, fy arglwyddes.'

Roedd gan Swyn gwestiwn chwithig ac ni wyddai sut

i'w ofyn. 'Felly, ym, gobeithio nad oes ots gen ti 'mod i'n holi ...'

'Tyrd 'laen, 'ta!'

'Wel, be ddigwyddodd ... ym ... i dy droi yn ysbryd?'

Syllodd Glo arni ac ysgydwodd ei ben. Roedd o'n amlwg yn meddwl bod hwn yn gwestiwn anhygoel o dwp. 'Wel, mi wnes i farw, siŵr iawn!'

'Ie, ie, dwi'n deall hynny,' atebodd y ferch. 'Felly, ym, maddeua i mi, ond sut wnest ti ...'

'O! Sut wnes i gicio'r bwced, ti'n feddwl?'

'Cicio'r bwced? Ai marw yw ystyr hynny?'

'Ti'n dechrau dysgu, Posho!' Gwenodd y ddau. 'Wel, coelia neu beidio, mi fuais i farw yn yr union dŷ yma ...'

XIV

Snot Ysbrydion

I lawr yn nhywyllwch y seler, safodd Swyn yn gwrando ar stori **ARSWYD** marwolaeth Glo.

'Ddigwyddodd y cyfan flynyddoedd yn ôl,' meddai'r ysbryd. 'Ro'n i mor fach, roedd y meistr yn meddwl y medrwn i ffitio i fyny unrhyw simnai. Roedd o'n gwybod bod gan y tŷ yma lwythi o simneiau a thwneli bychain, felly fi oedd yr un perffaith ar gyfer y joban. Rhaid i mi gyfaddef, hefyd, 'mod i 'di cael rhyw hen deimlad anesmwyth pan groesais i'r trothwy...' Tawelodd Glo am ychydig, ei feddwl yn bell. Roedd y golau o'i gorff yn cael ei adlewyrchu ar waliau a llawr y seler. Symudai a dawnsiai'r cysgodion wrth iddo siarad, a gallai Swyn weld siapiau o bob math yn y gwyll.

'Pa fath o deimlad anesmwyth?' holodd Swyn.

Ystyriodd yr ysbryd am ychydig. 'Dwn i'm. Fel petawn i wedi bod yma o'r blaen ... ond roedd hynny'n amhosib, doedd?'

Meddyliodd Swyn cyn ateb. Gan ei fod o wedi cael ei adael ar ei ben ei hun pan oedd o'n fabi, ac wedi cael ei fagu mewn wyrcws, roedd o'n annhebygol ei fod o wedi bod i Blas y Sarnau o'r blaen. 'Amhosib,' cytunodd Swyn.

'Yn union, hogan. Ond roedd o'n od. Felly, mi ges i 'ngwthio i fyny'r simnai gan y meistr, ac ro'n i'n brysur yn gweithio.'

'Gyda'r brws?'

'Ia, y brws. Roedd y meistr wedi mynd allan am fygyn. Ac wedyn, blincin 'ec, mi ddechreuais i deimlo 'mhen-ôl i'n poethi'n sydyn ...'

'Poethi?' gofynnodd y ferch.

'Dyna ddwedais i, yntê! Poethi. A phan edrychais i lawr y simnai, roedd 'na ryw gythraul wedi cynnau'r tân!'

'O na!' llefodd Swyn. Druan â'r bachgen. 'Pwy fyddai wedi gwneud ffasiwn beth?'

'Dim syniad. Welais i mohonyn nhw. Mi wnes i weiddi a gweiddi, ond mae'n rhaid na wnaeth unrhyw un glywed. Mewn chwinciad chwannen, roedd 'na fwg ym mhob man, a finnau'n sownd. Doedd gen i ddim gobaith caneri.'

'Am stori ofnadwy!' Gallai'r ferch ddychmygu'r holl ddigwyddiad. O'r holl ffyrdd yn y byd y gallai rhywun farw, roedd yr un yma'n wirioneddol ddychrynllyd. Yn sownd mewn lle bach cul wrth i fwg du bwyso arnoch chi. Dihangodd un deigryn bach i lawr ei grudd fudr.

'Rwyt ti'n crio eto, hogan. Dwi ddim yn licio gweld merch dlos fel ti yn crio.'

Am ryw reswm, fe wnaeth hyn i Swyn deimlo'n fwy dagreuol. Meddyliodd am dranc Glo ac am ei rhieni, ac amdani hi ei hun yn sownd yn y seler.

'Dyna fy stori i, hogan,' meddai Glo.

Sychodd Swyn ei dagrau gyda'i choban, a chymerodd ambell anadl ddofn i'w sadio ei hun. 'Ond pam wyt ti dal yma ym Mhlas y Sarnau?'

'Doedd gen i nunlle arall i fynd, nag oedd?' atebodd yr ysbryd. 'Doedd gen i ddim cartref. Doedd gen i ddim enw, hyd yn oed! Felly fedrwn i ddim mynd i chwilio am deulu i fyny i'r lle 'na yn y cymylau maen nhw'n sôn amdano fo yn yr eglwys. Felly dyma fi, yn mynd i fyny ac i lawr y simneiau drwy'r nos.'

'Ro'n i'n gwybod bod 'na ysbryd ym Mhlas y Sarnau,' mynnodd y ferch, 'ond doedd fy rhieni ddim yn fy nghoelio i.'

Gwenodd Glo. 'Wel, y peth ydi, hogan, tydi oedolion ddim yn gallu gweld ysbrydion.'

'Na?' Roedd Swyn yn synnu.

'Na! Mae oedolion yn stopio coelio mewn hud a ballu. Dydyn nhw ddim yn gallu gweld pethau sydd ddim yna. Mae'n rhaid i chdi gael meddwl agored, fel plentyn. Faint ydi dy oed di, hogan?'

'Dwi bron yn dair ar ddeg.' Roedd Swyn yn falch iawn o hyn, ac fel y rhan fwyaf o blant, roedd hi'n ysu am gael bod yn hŷn nag oedd hi go iawn. Weithiau, byddai'n breuddwydio am fod yn ddwy ar bymtheg neu'n ddeunaw neu'n un ar hugain. Byddai'n dychmygu'r holl bethau roedd oedolion yn cael gwneud – gyrru car, yfed siampên, aros ar eu traed tan y wawr ...

'O diar. O diar. O diar mi,' meddai Glo, gan ysgwyd ei ben.

'Beth?'

'Pryd yn union mae dy ben-blwydd, hogan? Mae'n rhaid i mi wybod y dyddiad.'

'Noswyl Nadolig. Pa ddyddiad yw hi heddiw?'

Rhwng y ddamwain car a'r wythnosau yn anymwybodol yn ei gwely, roedd Swyn wedi drysu'n llwyr.

'Dwi bron yn siŵr mai Rhagfyr yr unfed ar hugain yw hi heddiw, felly byddi di'n dair ar ddeg mewn tridiau.'

'O! Wel, mae hynny'n beth da, dydi?' gofynnodd y ferch.

'Na'di, hogan. Mi fedri di 'ngweld i'n iawn rŵan – dim ond plentyn wyt ti, ond bydd popeth yn newid pan fyddi di'n dair ar ddeg.'

'Dwi ddim yn dy goelio di!' wfftiodd Swyn.

'Dyna chdi!' meddai'r ysbryd. 'Dim ond deuddeg oed wyt ti, a dwyt ti ddim yn coelio!'

'O-o-ond ...'

'Esgusoda fi ...' Gyda hynny, rhoddodd Glo fys yn un ffroen a chwythu drwy'r llall. Saethodd pelen o lysnafedd gwyrdd o'i drwyn a glanio ar lawr. Roedd Swyn wedi'i magu i fod yn gwrtais: i ddefnyddio cyllyll a ffyrc yn y ffordd gywir, i ofyn cyn gadael y bwrdd bwyd, ac i chwythu ei thrwyn ar hances boced les. Doedd hi ddim wedi gweld rhywbeth mor ffiaidd â hyn erioed o'r blaen.

'Wel wir!' ebychodd mewn syndod.

'Paid â mynd dros ben llestri, hogan. Dim ond darn bach o snot ysbryd ydi o.'

Symudodd ei fys i'r ffroen arall, a chwythu pelen arall o wyrddni i'r llawr.

'Mae hynna'n afiach!' cwynodd Swyn. 'Oes gen ti ddim hances?'

'Be 'di hances?'

'Wel nag oes, yn amlwg! A rŵan mae 'na snot ysbryd dros lawr y seler i gyd, a does gen i ddim sgidiau!'

Syllodd Glo ar y ferch. 'Reit, wel, roedd hi'n braf iawn i gwrdd â ti, hogan, ond dwi ddim yn meddwl ein bod ni'n dau byth yn mynd i fod yn ffrindiau go iawn. Doedd hogiau'r wyrcws byth yn poeni rhyw lawer am 'chydig o snot.'

'Mae 'na fwy nag ychydig ohono fo!' meddai Swyn.

'A dweud y gwir, roedd 'na bethau llawer gwaeth ar lawr y wyrcws ...'

'Dydw i ddim eisiau gwybod!'

'Dwi'n cofio un hogyn yn tynnu ei drowsus ac yn gwneud clamp o ...'

'Dydw i ddim eisiau clywed 'run gair arall, diolch yn fawr iawn!' atebodd Swyn, gan dorri ar draws y bachgen.

Syllodd Glo ar Swyn. Roedd y ddau mor wahanol, a dim llawer o gwbl yn gyffredin rhyngddynt. 'Dwi'n meddwl ei bod hi'n well i mi fynd – rŵan.' Gyda hynny, trodd yr ysbryd ar ei sawdl a symud i gyfeiriad y cafn glo.

'Aros!' erfyniodd y ferch. 'Paid â mynd!'

'Beth rŵan, hogan?' ochneidiodd yr ysbryd.

'Rydw i angen dy help di.'

XV

Ysbryd Ditectif

Doedd Swyn erioed wedi dychmygu y byddai hi, ryw ddiwrnod, yn gorfod dringo i fyny cafn glo. Ond dyna'n union roedd Arglwyddes y Sarnau yn ei wneud, yn dilyn yr ysbryd allan o'r seler. Goleuai corff bach Glo y ffordd o'u blaen, yn dangos yr holl frics oedd yn ddigon llydan i Swyn gael rhoi troed neu law arnynt. Roedd yr ysbryd yn adnabod pob twll a chornel o dwneli cymhleth Plas y Sarnau. Byddai sacheidiau o lo yn cael eu gwagu i dwnnel hir y cafn, a'r glo wedyn yn cael ei ddefnyddio i gynnau pob tân ym Mhlas y Sarnau. Ar ben y cafn hir roedd drws bach yn y wal a arweiniai i'r gegin.

Roedd dringo'r cafn glo yn waith caled, yn arbennig i Swyn annwyl oedd yn flinedig ac yn llwglyd. Fel roedd hi'n dechrau ei llongyfarch ei hun am ddringo mor

uchel, llithrodd ei llaw ar fricsen laith a syrthiodd. Achubodd ei hun drwy afael ar ddarn arall o fricsen.

'Paid ag edrych i lawr, hogan!' galwodd Glo arni.

Ond wrandawodd Swyn ddim ar gyngor Glo. Edrychodd i lawr yn syth, a gweld ei bod hi dal yn bell o'r gwaelod. Petai'n syrthio nawr, byddai'n siŵr o dorri'i choesau.

'Dwi methu'n lân â gwneud hyn!' gwaeddodd i fyny ato.

'Twt lol, galli, siŵr. Paid ag edrych i lawr.'

'Dydw i ddim!'

'Rho dy law ar y fricsen nesa, hogan. Ar y chwith.'

'Dwi'n mynd i syrthio!'

'Nag wyt, siŵr,' cysurodd yr ysbryd. 'Rŵan, y fricsen yna – wyt ti'n gallu ei theimlo hi?'

Ymestynnodd Swyn ei llaw. 'Ydw, dwi'n meddwl.'

'Iawn. Tynna dy hun i fyny, 'ta.'

'Does gen i mo'r nerth.'

'Oes, siŵr! Wyt ti eisiau cael dy adael i bydru mewn seler, hogan, neu wyt ti eisiau dianc?'

'Dianc,' mwmialodd y ferch. Doedd hi ddim yn hoffi cael neb yn dweud y drefn wrthi. Anadlodd yn ddwfn, a thynnu ei hun i fyny.

'Dyna ti!' meddai Glo. Dywedodd wrth Swyn sut i ddringo i fyny'r twnnel, un fricsen ar y tro.

Wrth godi'i phen, gallai Swyn weld y llain o olau ar ben y twnnel yn tyfu a thyfu. O'r diwedd, cyrhaeddodd ben y daith, a dringodd allan drwy'r drws bach. Yn crynu ac yn flinedig, glaniodd mewn pentwr blêr ar lawr oer y gegin.

Roedd gan Swyn atgofion melys iawn o'r ystafell hon. A hithau wedi cael ei magu mewn tŷ oedd yn llawn morynion, doedd ei mam ddim wedi gorfod dysgu sut oedd coginio erioed. Ond ar ôl i Alwen wastraffu holl arian y teulu, bu'n rhaid cael gwared ar y cogydd, a bu mam Swyn yn torchi'i llewys ac yn gwneud ei gorau. Roedd hi'n gogydd ofnadwy. Ac eto, yn yr holl gacennau wnaeth ddim codi, y jelis wnaeth ddim setio, a'r crempogau a ludiwyd at y nenfwd, roedd un cynhwysyn arbennig iawn, sef cariad. Byddai Swyn yn helpu ei mam yn y gegin. Gyda'i gilydd, byddai'r ddwy yn gwneud sgons, hoff fwyd Dad yn y byd i gyd. Er y byddai'r sgons yn edrych fel bwystfilod di-siâp, gyda digon o hufen trwchus a jam mafon drostynt, doedd dim byd gwell. Pan oedd ei rhieni'n fyw, bu'r gegin yn lle mor hapus. Bellach, fel y rhan fwyaf o ystafelloedd y tŷ, roedd hi'n wag ac yn oer.

Eisteddodd Swyn a Glo ar lawr y gegin wrth i'r ferch fach adrodd yr hanes am yr hyn oedd wedi digwydd iddi, a pham ei bod hi wedi'i chloi yn y seler. Dywedodd am y ddamwain car ofnadwy oedd wedi diweddu bywyd ei rhieni, a sut doedd Swyn ddim yn cofio dim o gwbl am y

peth, a'i bod hi wedi bod yn anymwybodol ers misoedd.

Bod ei Hanti Alwen afiach yn ceisio'i charcharu hi yn y tŷ.

Bod y ddynes ddrwg yn ceisio dod o hyd i weithredoedd

Plas y Sarnau er mwyn cael Swyn i drosglwyddo pob un fricsen olaf i'w modryb. Ei bod hi'n ofni am ei bywyd – pwy a ŵyr pa ddrygioni roedd Alwen wedi'i gynllunio ar ei chyfer? Ei bod hi wedi ceisio dianc i'r pentref agosaf, ond bod y dylluan anferth wedi'i dal ac wedi'i chludo hi adref. Ei hamheuon am y 'ddamwain' a laddodd ei rhieni, a sut roedd hi'n siŵr, bron, mai Alwen oedd ar fai.

Gwrandawodd Glo yn astud ar bob gair, ac ar ôl iddi orffen, bu tawelwch am ychydig wrth iddo feddwl am y cyfan. 'Mae 'na ddrwg yn y caws, yn sicr iti, hogan,' meddai. 'Ond os wyt ti am i'r hen jadan gael ei thaflu i'r carchar, mi fydd angen tystiolaeth.'

'Bydd, mae'n siŵr,' cytunodd y ferch. 'Bydd rhaid i ni fod fel y ditectifs yn fy llyfrau i!' Daeth cyffro newydd i gorff Swyn wrth iddi feddwl am y peth, a neidiodd ar ei thraed.

'Ditectifs go iawn!' Roedd Glo yn cyffroi hefyd.

'Bydd rhaid i ni weithio efo'n gilydd, Glo, i ddod o hyd i gliwiau! Ond lle mae dechrau?'

Ystyriodd yr ysbryd am ychydig. 'Y garej, er mwyn cael gweld be ddigwyddodd i'r car.'

'I ffwrdd â ni 'ta, Ditectif Glo!'

'Ewch chi'n gyntaf, Ditectif Swyn!'

XVI

Blas Cas

Er mawr syndod i Swyn, roedd car crand hyfryd y teulu'n dal yn y garej. Ond doedd o ddim yn hyfryd bellach. Roedd o'n llanast o wydr a metel wedi torri. Roedd y ffenest flaen wedi'i chwalu'n rhacs, a phen blaen y car wedi'i wasgu.

Yn y misoedd ers y ddamwain, roedd y car wedi'i orchuddio gan flanced o lwch. Roedd pry copyn wedi creu gwe yn lle'r arferai'r ffenest flaen fod.

Wylodd Swyn wrth weld y car fel hyn. Gwnâi i bopeth deimlo'n real. Mae'n rhaid bod y ddamwain erchyll wedi digwydd go iawn, ac o weld y difrod, gwyddai Swyn ei bod hi'n ffodus ei bod wedi goroesi. Byddai unrhyw un yn y seddi blaen wedi cael eu lladd yn syth.

'Mae'n ddrwg gen i, hogan,' sibrydodd Glo. Cododd gadach oedd yn ddu gydag olew o'r llawr, a'i gynnig i Swyn. 'Sycha dy ddagrau efo hwn. Dwi'n gwybod nad ydi o'n hances boced grand fel dy un di, ond mi wnaiff y tro.'

Gwenodd Swyn drwy ei dagrau wrth glywed caredigrwydd yr ysbryd. 'Efallai mai fi sy'n bod yn annheg efo Anti Alwen. Wedi'r cyfan, mae'n amlwg ei bod hi'n dweud y gwir am y ddamwain.' Sychodd ei hwyneb, oedd bellach yn llanast o lwch glo, dagrau ac olew du.

'Ond fyddai hi ddim wedi dy gloi di yn y seler petai ganddi hi ddim byd i'w guddio.'

'Roedd hi'n dweud ei fod o er fy lles i,' sniffiodd Swyn. 'Rhag ofn i mi drio rhedeg i ffwrdd eto ynghanol y nos.'

Ysgydwodd Glo ei ben. 'Mae 'na ryw ddrwg yn y caws. Rŵan, hogan, wyt ti'n cofio unrhyw beth o gwbl am be ddigwyddodd ar ôl y ddamwain?' gofynnodd. 'Unrhyw beth!'

Ceisiodd Swyn ganolbwyntio. 'Mae popeth mor niwlog yn fy mhen.'

'Unrhyw beth!' mynnodd Glo. 'Dim ond rhywbeth bach, 'falla. Mae pethau bach yn gallu bod yn gliwiau mawr.' Roedd yr ysbryd wir yn swnio fel ditectif bellach.

Meddyliodd Swyn am ychydig, cyn dechrau rhoi trefn ar ddigwyddiadau'r diwrnod yn ei meddwl. 'Roedd Dadi a Mami a finnau'n mynd i Gaernarfon yn y car. Roedd rhaid i Dadi fynd i'r banc eto, achos, ti'n gweld, Glo, roedd Anti Alwen wedi gwastraffu holl arian y teulu a ...' Ymdawelodd y ferch, a gwenodd Glo arni'n glên, yn ceisio'i hannog yn ei blaen. 'Roedd Dadi mor ffeind, mi wnaeth y rheolwr banc adael i ni gadw Plas y Sarnau. Ac roedd Mami'n gwybod 'mod i am weld y castell. Doedd gennym ni ddim arian i fynd i unrhyw le, ond doedd dim ots am hynny. Ro'n i'n caru Mami gymaint, doedd dim ots i ble roedden ni'n mynd cyn belled â'n bod ni gyda'n gilydd, braich ym mraich.'

'Mae dy hen fam yn swnio fel dynes arbennig iawn,' meddai Glo.

Safodd y ddau yn nhawelwch y garej am ychydig, yr eira'n chwyrlïo y tu allan.

'Arbennig iawn, iawn,' cytunodd Swyn o'r diwedd. Doedd hi ddim wedi disgwyl y byddai Arglwyddes y Sarnau'n cael ei disgrifio fel 'hen fam', ond gwyddai Swyn fod Glo yn ei olygu mewn ffordd garedig.

'Beth am dy anti? Oedd hi efo chi?' gofynnodd y bachgen.

Ysgydwodd Swyn ei phen. 'Mi wnaeth Dad ofyn a oedd hi eisiau dod, ond doedd hi ddim. Weithiau byddai hi'n dod efo ni i Gaernarfon er mwyn prynu teganau i'w thylluan gael eu rhwygo nhw'n ddarnau, ond dim y diwrnod hwnnw.

'Mae'r deryn yna'n codi ofn arna i,' meddai Glo. 'Mae o wedi trio 'mrathu i efo'i hen big sawl gwaith. Mae o wedi trio dod i fyny simneiau ar f'ôl i, hefyd.'

'Maen nhw'n dweud bod anifeiliaid yn gallu synhwyro presenoldeb ysbrydion,' meddai Swyn.

'Mwy na synhwyro, wsti, hogan. Mae o'n gallu 'ngweld i. Fo, a phob anifail arall. Felly ... pam na ddaeth dy anti efo chi i Gaernarfon?'

'O, ia. Wel, roedd Anti Alwen yn sicr ei bod hi am aros adref.'

'Diddorol. Diddorol iawn.' Rhwbiai'r ysbryd ei ên, yn cymryd ei rôl fel ditectif o ddifri. 'Felly, wyt ti'n cofio unrhyw beth am y ddamwain?'

'Nac ydw,' meddai'r ferch. 'Dim byd o gwbl. Y peth olaf dwi'n ei gofio ydi teimlo'n sâl, a llewygu ar sedd gefn y car.'

Roedd yr ysbryd wedi bod yn cerdded yn ôl ac ymlaen ar hyd llawr y garej, ond stopiodd yn stond wrth glywed hyn. Swniai'r wybodaeth yma fel cliw pwysig. 'Sâl, hogan?'

'Ia. Ro'n i'n teimlo'n sâl ac yn chwyslyd, er ei bod hi'n ddiwrnod oer.'

'Be arall?'

'Roedd fy llygaid i'n mynnu cau yn y car. Y tro olaf i mi eu cau nhw – mae'n rhaid mai dyna pryd ddigwyddodd y ddamwain.'

'Be am dy fam a dy dad?'

Roedd meddwl y ferch yn rasio, a'r atgofion yn dechrau dychwelyd. 'Doedd Mami ddim yn teimlo'n dda chwaith, ond roedd hi'n gwybod bod cyfarfod Dadi'n bwysig iawn. Roedd rhaid iddo achub Plas y Sarnau. Doedd hi ddim am iddo fo orfod troi am adref er ei mwyn hi.'

Credai Glo yn sicr fod hyn yn bwysig iawn. 'A dy dad?'

'Dim syniad,' atebodd y ferch yn ddigalon. 'Os oedd o'n sâl, wnaeth o ddim ei ddangos o. Ond dyn fel yna oedd o – trio edrych yn gryf o hyd.'

Dechreuodd yr ysbryd gerdded yn ôl ac ymlaen, yn ceisio rhoi holl ddarnau'r pos at ei gilydd. 'Os oedd dy dad yn sâl hefyd, byddai hynny'n esbonio'r ddamwain.'

'Byddai,' cytunodd y ferch. 'Ro'n i'n teimlo fel 'mod i'n anymwybodol weithiau yn y car.'

'Be fyddai wedi gwneud i ti deimlo mor sâl?' gofynnodd Glo mewn penbleth. 'Oedd 'na oglau rhyfedd yn y car?'

'Oglau rhyfedd? Fel be?'

'Dwn i'm. Rhywbeth yn yr injan? Mae hen fwg yn gallu gwneud rhywun yn sâl.'

'Na.' Roedd y ferch yn bendant. 'Doedd dim byd o'i le ar y car. Roedd Dadi'n dotio ato. Roedd yr injan yn berffaith.'

'Wel, os nad y car oedd yn eich gwneud chi'n sâl,' meddai'r ysbryd, 'mae'n rhaid mai rhywbeth arall oedd. Gawsoch chi unrhyw beth anarferol i'w fwyta yn y bore?'

'Na. Fe wnaeth Mami wyau wedi berwi a thost i ni. Dyna oedd i frecwast bob dydd.' Yn sydyn, daeth atgof arall fel fflach i feddwl Swyn. 'Ond ...'

'Ia?' gofynnodd yr ysbryd yn frwd.

'Wel, Anti Alwen wnaeth ein te ni'r bore yna.'

'Pot o de?'

'Ia. A doedd hi byth yn gwneud paned. Doedd hi byth

yn gwneud dim byd fel yna i ni – dyna pam dwi'n cofio.
A dwi'n cofio dweud wrth Mami fod blas rhyfedd ar y
te ...'

'Rhyfedd?'

'Ia, gwahanol i'r arfer. Rhyfedd. Ond roedd Mam
yn dweud bod rhaid i ni yfed pob diferyn, rhag brifo
teimladau Alwen. Ond mi wnes i daflu fy nhe i ganol pot
blodau pan oedd neb yn edrych. Roedd o'n afiach.'

'Sut oedd o'n blasu, hogan?'

Gwnaeth Swyn ei gorau glas i gofio. 'Dim ond un gegaid gefais i. Roedd o'n chwerw. Rydw i'n cael llwyth o siwgr a llefrith yn fy nhe, ond roedd o'n bendant yn chwerw.'

'Wnaeth dy anti gael paned ohono fo?'

'Na. Na, wnaeth hi ddim.' Roedd Swyn yn siŵr o hynny. 'Mi wnaeth hi dollti paned iddi hi ei hun, ond wnaeth hi mo'i hyfed.'

'Oedd dy rieni'n meddwl bod blas od arno fo, hefyd?'

'Wel, wnaethon nhw ddim dweud gair – roedden nhw'n rhy gwrtais i ddweud dim,' atebodd Swyn. 'Ond mi welais i'r ddau yn tynnu wyneb wrth ei flasu fo.' Daeth y gwirionedd i'w meddwl fel mellten. 'Mae'n rhaid bod 'na rywbeth ofnadwy yn y te!'

Edrychodd y ddau ar ei gilydd a dweud ar yr un pryd:

'GWENWYN!'

XVII

Gormod o Bwdin

CRASH!

Ar yr union eiliad yna, agorodd drysau'r garej led y pen gyda chrash.

'AAAAA!' gwaeddodd Swyn mewn ofn.

Oedd rhywun neu rywbeth yn ceisio dod i mewn?

Roedd storm eira fawr yn rhuo'r tu allan, a dechreuodd y plu eira luwchio i mewn i'r garej. Brysiodd Swyn at y drysau, a defnyddiodd ei holl nerth i geisio'u cau. Gyda'i gilydd, llwyddodd Swyn a Glo i folltio a chloi'r drysau.

'Does dim pwynt i ti feddwl am ddianc heno, hogan,' meddai'r ysbryd. 'Bydd rhaid i ti aros nes i'r storm dawelu. Ac mae hynny'n edrych yn annhebygol.'

Gwelwodd wyneb y ferch gan ofn. 'Ond dydw i ddim eisiau aros! Mae Anti Alwen wedi trio 'ngwenwyno i a Mami a Dadi yn barod. Pwy a ŵyr be wneith hi nesaf? Mae'n rhaid i mi ffonio'r heddlu!'

'Wyt ti ddim yn meddwl bod angen mwy o dystiolaeth yn gyntaf, hogan?' awgrymodd Glo.

'Na! Rhaid i fi ffonio nawr!' meddai'r ferch. 'Ond mae'n beryglus iawn.'

'Pam?'

'Dim ond dau ffôn sydd yn y tŷ: un yn llofft Alwen, sydd ar glo o hyd, ac mae'r llall yn swyddfa Dadi, ac mae hi'n bendant mai yn fan'no mae gweithredoedd y tŷ. Mae hi yno ddydd a nos, yn chwilio a chwilio.'

Pendronodd Glo am ychydig. 'Mi fedra i dynnu ei sylw hi.'

'Sut?'

'O, dwn i'm. Be am daflu platiau o gwmpas y lle? Rydan ni ysbrydion wrth ein boddau'n gwneud y math yna o beth. Mae o'n goblyn o sbort.'

'Ond beth os cei di dy ddal?' gofynnodd Swyn. Yn yr amser byr roedd hi wedi nabod Glo, roedd hi wedi dod yn hoff iawn ohono.

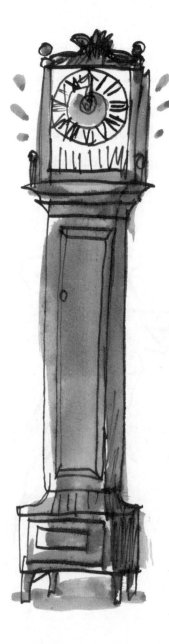

'Mae Anti Alwen yn oedolyn – fydd hi ddim yn gallu 'ngweld i.'

'Wrth gwrs,' atebodd y ferch, yn dal i geisio cofio'r holl ffeithiau newydd am ysbrydion roedd hi wedi'u dysgu. 'Beth am Wagner?'

'Bydd rhaid i ni weddïo ei fod o'n cysgu. Dyna i ti aderyn afiach, os gwelais i un erioed!'

Troediodd Swyn a Glo yn araf ar hyd y coridor. Neidiodd y ddau wrth i'r cloc mawr daro deuddeg.

BONG!
BONG!
BONG!
BONG!

BONG! BONG! BONG! BONG!

BONG! BONG! BONG! BONG!

Cyrhaeddodd y ddau ddrws yr ystafell fwyta fawr. Wrth sbecian, gallent weld Anti Alwen a Wagner yn mwynhau gwledd ganol nos. Mae'n rhaid bod y ddynes yn dal i feddwl bod ei nith wedi'i chloi yn y seler lo. Doedd ganddi ddim syniad fod Swyn yn sefyll yma, yn ei gwylio.

Eisteddai'r ddynes ar un pen o'r bwrdd bwyd anferth a Wagner y pen arall, gyda hances wedi'i chlymu o amgylch ei wddf. Roedd tua ugain cannwyll yn goleuo'r ystafell.

Roedd y bwrdd dan ei sang o bwdinau – dyna'r oll fyddai Anti Alwen yn bwyta. Doedd hi byth yn cael prif gwrs, na chawl neu salad bach i ddechrau. Byddai'n symud yn syth at y pwdin. Pwdin i frecwast, cinio a swper, a dyna'r rheswm pam ei bod hi 'run lled a hyd.

Roedd gwledd o bwdinau ganddi heno!

– Tarten fawr, gydag chant o afalau ynddi, o leiaf.

– Pyramid anferth o beli siocled.

– Eclairs yr un maint â gobenyddion.

– Cacen siocled enfawr, yn llawn eisin menyn.

– Teisennau hufennog mewn pentwr oedd yn cyrraedd y nenfwd.

– Treiffl oedd yn ddigon mawr i nofio ynddo.

– Donuts wedi'u ffrio oedd yn gwaedu jam coch.

– Gateau ceirios oedd yn gwneud i chi fagu pwysau dim
ond wrth edrych arni.

– Casgen o garamel hallt, yn ffrwtian yn boeth.

– Tylluan oedd wedi'i gwneud o farsipan.

– Bwced o hufen, gyda hufen ychwanegol ar ei ben.

– Bisgedi oedd wedi'u gorchuddio â llwyth o siocled.

– Jeli oedd yn ddigon mawr i fod yn drampolîn i rinoseros.

Daeth yr holl fwyd â dŵr i ddannedd Swyn. Doedd y greadures heb fwyta ers dyddiau. Am ychydig, teimlai'n siŵr y byddai'n llewygu wrth glywed yr arogl hyfryd, melys. Gallai glywed Anti Alwen yn gwneud synau afiach wrth fwyta'n awchus...

'LIIIIIIIiam!'

... a thorri gwynt rhwng pob cegaid.

'BAAAARRRRP!'
'Wwwwwew!'
'RAAAAAAAARP!!!'

Gallai Alwen ennill coron yr Eisteddfod Genedlaethol am dorri gwynt.

Roedd Wagner yn mwynhau gwledd o greaduriaid bach marw – llygod, gwiwerod, draenogod, adar, a hyd yn oed mochyn daear cyfan. Ei hoff fwydydd.

Wrth i'r ddynes fwyta, edrychai drwy bentwr mawr o bapurau o'r swyddfa, cyn eu taflu dros ei hysgwydd yn ddig.

'Ble mae'r blincin gweithredoedd yna?' gofynnodd, ei cheg yn llawn gateau ceirios.

'Tyrd 'laen, hogan,' sibrydodd Glo. Roedd Swyn wedi'i swyno gan y cacennau.

I lawr â'r ddau ar eu gliniau gan gropian heibio'r drws.

Swyddfa Dadi oedd y drws nesaf i'r ystafell fwyta. Byddai'r arglwydd yn cadw'r lle fel pin mewn papur. Roedd o wrth ei fodd gyda'r lle. Bellach roedd papurau, llyfrau, bocsys, a ffotograffau wedi'u taflu blith draphlith dros y llawr. Gorweddai'r ddesg a'i phen i lawr, torrwyd y gwydr ar ddrysau'r cypyrddau, ac roedd y lledr ar gadair esmwyth yr arglwydd wedi'i rhwygo â chyllell. Edrychai fel petai bom wedi ffrwydro yna. Mae'n amlwg fod Anti Alwen wedi edrych ym mhob twll a chornel am y gweithredoedd.

Fel rheol, roedd y ffôn ar ddesg Dadi, ond doedd dim golwg ohono bellach. Troediodd Swyn at y wal gan ddilyn y wifren, yna daeth o hyd i'r ffôn dan bentwr o bapurau. Gyda'r teclyn yn saff ar ei glin, trodd Swyn at Glo, oedd yn aros yn y coridor.

'Nawr!' sibrydodd.

'E?' atebodd Glo.

'Nawr!' meddai, yn uwch y tro hwn.

Nodiodd yr ysbryd, ac i ffwrdd â fo. Roedd o'n bwriadu taflu cwpwl o blatiau o gwmpas y gegin i dynnu sylw

Alwen, ac roedd hynny'n beth digon cyffredin i ysbryd fel
fo ei wneud ar noson fel heno.

Efallai yr hoffech chi wybod am rai o hoff driciau C.Y.C.
(Cymdeithas Ysbrydion Cymru):

– Curo ar ddrysau a rhedeg i ffwrdd.

– Chwarae cerddoriaeth yn uchel iawn, iawn.

– Hyrddio llyfrau o'u silffoedd.

– Gwthio dodrefn trwm i'r llawr.

– Ysgwyd cadwyni ynghanol y nos.

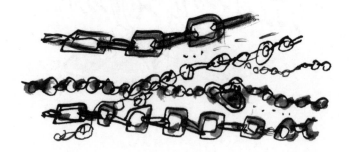

– Gwneud i gadeiriau ddawnsio gyda'i gilydd.

– Symud cyllyll a ffyrc.

– Tynnu tsiaen y toiled tra

bod rhywun yn eistedd arno.

– Llamu o gwmpas ystafelloedd

gwely gyda blanced ar eu

pennau.

– Symud pethau o un man i'r llall, er enghraifft, rhoi trôns
yn yr oergell.

– Chwerthin yn aflan i
mewn i jar wag, gan
wneud i'r sŵn atsain
dros y lle.

– Gwneud llun gwirion ar waelod drych yr ystafell
ymolchi, er mwyn iddo ymddangos pan oedd stêm yn
dod.

Os oes rhai o'r pethau yma wedi digwydd i chi, mae'n bosib bod ysbryd yn eich cartref ... neu efallai mai eich brawd bach sy'n chwarae triciau arnoch.

Clustfeiniodd Swyn wrth glywed platiau'n torri'n deilchion yn bell i ffwrdd, yn y gegin. O fewn dim, roedd Anti Alwen yn gweiddi, **'Wagner! Wagner!'** o'r ystafell drws nesaf, yna daeth sŵn y ddynes fawr yn taranu i lawr y coridor i gyfeiriad y twrw.

Dyma gyfle Swyn.

Roedd rhaid iddi wneud hyn.

Rŵan.

Yn syth bìn.

XVIII

Clec Clec Clec

Eisteddodd Swyn ar lawr swyddfa ei thad, ac anadlu'n ddofn. Cododd y ffôn a'i wasgu at ei chlust. Roedd hi'n methu clywed dim am fod cymaint o dwrw'n dod o'r gegin. Deialodd y rhif, gan boeni fod y ffôn hen ffasiwn yn gwneud gormod o sŵn, ond o leiaf roedd twrw mawr yn dal i ddod o'r gegin, a phlât ar ôl plât yn torri'n ddarnau. O'r diwedd, daeth llais ar y ffôn.

'Helô?' meddai llais uchel. 'Y gwasanaethau brys. Pa wasanaeth sydd ei angen arnoch?'

'Heddlu!' atebodd Swyn mor dawel ag y gallai.

'Mae'n ddrwg gen i, miss, wnewch chi siarad fymryn yn uwch, plis? Mae 'na sŵn mawr yn y cefndir.'

'Wrth gwrs. Mae'n ddrwg gen i,' meddai'r ferch, fymryn yn uwch. 'Heddlu, cyn gynted â phosib, plis.'

'Yr heddlu! Mi wna i'ch cysylltu chi rŵan.'

Roedd saib, ac yna daeth llais arall ar y lein, **llais dwfn iawn**.

'Swyddfa heddlu Pentref y Sarnau yma. Sut fedra i eich helpu, miss?'

'Mae o'n, ym ...' Roedd Swyn yn teimlo mymryn yn wirion yn dweud y geiriau.

'Ia?' holodd y llais. 'Wel, ewch yn eich blaen!'

'Llofruddiaeth!' Dyna fo. Roedd hi wedi dweud y gair.

Roedd tawelwch ar ochr arall y ffôn am ychydig, yna dywedodd y llais, 'Llofruddiaeth?'

'Ia!' atebodd y ferch. 'Dwy, a dweud y gwir.'

'Dyna fo, ia? Dwy lofruddiaeth?'

Cafodd Swyn syndod o glywed goslef yr heddwas. Efallai ei fod o'n meddwl mai merch fach wirion yn chwarae gêm oedd hi.

'Mae'n rhaid i chi 'nghoelio i!' mynnodd Swyn. 'Dwi'n dweud y gwir! Dwy lofruddiaeth, nid un!'

'Dwy?'

'Ia!'

'Dwy   lofruddiaeth, meddech chi?'

'Dyna fo, ia.'

'Dim mwy na dwy?'

'Na.'

'Felly, miss, fedrwch chi ddweud wrtha i pwy yn union sydd wedi cael eu llofruddio?'

'Mami a Dadi – fy rhieni.'

'Ydych chi'n siŵr?'

'Ydw!'

'Diddorol. Felly, oes gennych chi syniad pwy wnaeth?'

Bu Swyn yn dawel am ychydig, cyn ateb: 'Fy modryb'.

'Mae'n ddrwg iawn gen i, mae'n rhaid bod problem ar y lein – ro'n i'n meddwl am funud eich bod chi wedi dweud "fy modryb"!'

Roedd rhaid i Swyn symud y ffôn oddi wrth ei chlust am ychydig, gan fod sŵn clecian byddarol arno.

CLEC CLEC CLEC.

'Dywedwch hwnna eto, plis,' gorchmynnodd y llais.

'Mi wnaethoch chi glywed yn iawn. Fy modryb wnaeth.'

'Mae'n ddrwg gen i, mae'n rhaid bod y lein yn ofnadwy.'

CLEC CLEC CLEC.

'Fy modryb!' meddai Swyn, ychydig yn uwch nag oedd yn ddoeth. 'Ei henw ydi Alwen. Alwen Sarnau.'

Roedd sŵn pensil ar bapur ar ochr arall y lein. 'Eich modryb, meddech chi. Reit. Yr Alwen Sarnau yma, ydi hi'n miss, ms neu mrs?'

'Ms, dwi'n meddwl.'

'Ms?'

'Ia, Ms.'

'Ms Alwen Sarnau.' Roedd hi'n amlwg fod yr heddwas yn gwneud nodiadau. 'Rŵan, ydych chi'n gwybod bod 'na goblyn o storm eira yng Nghymru heno?'

'Wrth gwrs 'mod i'n gwybod!' atebodd Swyn. Gallai glywed yr eira'n taro ffenest y swyddfa.

'Felly mae arna i ofn y bydd rhaid i hyn aros tan y bore.'

Roedd ofn ar Swyn. Pwy a ŵyr beth fyddai'r ddynes

afiach yn ei wneud cyn hynny? 'Ydych chi'n siŵr na fedrwch chi anfon rhywun heno? Plis!' erfyniodd.

'Hollol sicr, miss,' meddai'r heddwas yn bendant. 'Ond gan fod hwn yn achos difrifol o lofruddiaeth – mae'n ddrwg gen i, dwy lofruddiaeth – mi fydda i'n siŵr o ddanfon ein ditectif gorau oll o Gaerdydd fory. Nos da.'

Fel roedd hi ar fin rhoi'r ffôn i lawr, meddyliodd Swyn am rywbeth. 'Ydych chi angen fy nghyfeiriad er mwyn dod yma?'

'O ia!' meddai'r llais. 'Mae'n ddrwg gen i, miss. Eich cyfeiriad, os gwelwch yn dda?'

'Plas y Sarnau.'

'Plas y Sarnau, iawn, dyna ni. Mae hynny gen i rŵan. Ac ia, os medra i gael eich enw chi?'

'Wel, a dweud y gwir, fi ydi ...'

'Ia?'

'Arglwyddes y Sarnau.' Roedd Swyn yn cofio'i rhieni yn dweud bod rhai pobol yn fwy parod i wrando os oedden nhw'n gwybod ei bod hi'n arglwyddes.

'Arglwyddes! Wir?' Roedd llais yr heddwas yn swnio braidd yn wawdlyd.

'Ym, ydw. Fi ydi Arglwyddes y Sarnau bellach. Swyn Sarnau.'

'Wel, Arglwyddes y Sarnau, mae'n hwyr iawn, a'r cloc yma yn dweud ei bod hi ymhell ar ôl hanner nos. Mae'n siŵr ei bod hi'n hen bryd i chi fynd i'r gwely.'

'Ydi, mae,' cytunodd Swyn, er ei bod hi'n amhosib meddwl am gysgu.

'Wel, ewch yn syth i'ch gwely, 'ta, a bydd y ditectif yn galw peth cyntaf bore fory.'

'Ydach chi'n addo?'

'Cris croes tân poeth, miss, mae'n ddrwg gen i, Arglwyddes y Sarnau. Y peth cyntaf bore fory.'

'Diolch.' Y cyfan roedd raid iddi'i wneud oedd aros yn effro tan hynny.

'O, arglwyddes?'

'Ia?'

'Peidiwch â chael hunllefau.'

CLIC. Roedd y llais wedi mynd.

XIX

Iasol Iawn

Rhoddodd Swyn y ffôn i lawr a throedio'n dawel allan o swyddfa Dadi, yn ôl i'r coridor. Yn ofalus iawn, symudodd at y gegin. Roedd platiau, cwpanau, soseri a phowlenni yn hedfan o'r cypyrddau ac yn malu'n deilchion. Roedd y llawr yn garped o ddarnau miniog o lestri.

Gwibiai Wagner o gwmpas y gegin, yn ôl ac ymlaen, yn ceisio dal yr ysbryd â'i big miniog. Gwelodd Swyn fod Glo yn gwneud ei orau i'w amddiffyn ei hun rhag yr aderyn gan ddefnyddio'r jwg grefi, ond buan y syrthiodd honno i'r llawr gan chwalu'n gannoedd o ddarnau mân.

Er mawr syndod i Swyn, doedd dim golwg o Anti Alwen. Doedd hynny ddim yn arwydd da – beth pe bai'r ddynes wedi mynd i lawr i'r seler i edrych am Swyn? Felly, yn ofalus iawn, symudodd Swyn at y cafn glo.

O fewn eiliad fer iddi ddringo i'r cafn a chau'r drws, daeth Anti Alwen i'r gegin. Agorodd Swyn y drws y mymryn lleiaf er mwyn gallu ei gwylio.

Doedd gan Anti Alwen ddim syniad beth oedd yn digwydd. **'Wagner!'** gwaeddodd.

'Y llestri! Beth wyt ti'n ei wneud i'r llestri? Deryn drwg!'

Roedd hi'n amlwg i Swyn fod Glo yn iawn – roedd oedolion yn methu gweld ysbrydion. Am beth bendigedig – clywed Alwen yn rhoi'r bai ar ei thylluan am yr holl ddifrod!

Roedd hi'n anos dringo i lawr y cafn glo na dringo i fyny. Heb olau Glo i ddangos y ffordd, roedd hi'n gwbl, gwbl ddu. Roedd Swyn yn meddwl ei bod hi'n siŵr o syrthio. O'r diwedd, teimlodd lawr carreg oer y seler oddi tani, ond yn sydyn, clywodd sŵn traed yn rhedeg i lawr y grisiau. Roedd ei modryb yn dod! Mor gyflym ag y gallai, gorweddodd Swyn ar lawr y seler a chau ei llygaid, yn smalio'i bod hi'n cysgu. Clywodd sŵn y goriadau'n tincial, yna ochenaid y drws yn agor yn araf. A'i llygaid yn dal ynghau, dechreuodd Swyn chwyrnu'n ysgafn, fel petai hi wedi bod yn cysgu ers oriau.

Chhhhhh

Chhhhhh

Chhhhhh.

Roedd o'n deimlad dychrynllyd, yn synhwyro ei modryb yn symud o'i chwmpas yn y seler.

Am ychydig, roedd popeth yn dawel a llonydd, a gallai Swyn arogli lledr llaith sgidiau trwm ei modryb. Agorodd un llygad y mymryn lleiaf, a gweld un o sgidiau duon Alwen o flaen ei thrwyn.

Fedr Anti Alwen ddim bod yn agosach ati. Caeodd ei llygaid eto, yn siŵr fod Alwen wedi dyfalu ei bod hi'n smalio cysgu. Teimlodd Swyn wres y gannwyll yn dod yn agos at ei hwyneb, ond arhosodd yn llonydd iawn, ac o'r diwedd clywodd sŵn traed ei modryb yn symud yn ôl at ddrws y seler. Arhosodd Swyn nes ei bod hi wedi clywed y drws yn cau a chloi, a'r sŵn traed yn dychwelyd yn ôl i fyny'r grisiau. Yna, agorodd ei llygaid drachefn. Roedd hi wedi twyllo ei modryb!

Cododd Swyn ar ei heistedd. Roedd y lle yma mor wahanol i'w gwely plu hyfryd yn ei llofft. Yna, clywodd sŵn crafu o'r cafn glo. Gwelai olau egwan yno, a hwnnw'n dod yn gryfach ac yn gryfach ...

Glo!

Feddyliodd Swyn erioed y byddai mor falch o weld ysbryd.

'Felly, hogan, wnest ti roi tincl i'r glas?' gofynnodd Glo.

'Be?'

'Wnest ti ffonio'r heddlu?'

'O, do!' Doedd hi ddim wedi cwrdd ag unrhyw un oedd yn siarad fel Glo o'r blaen. 'Do, mi wnes i ffonio'r heddlu, ac maen nhw'n danfon eu ditectif gorau un y peth cyntaf bore fory.'

'Go dda!' meddai Glo. 'Wel, hogan, gwell i ti drio cael cwsg. Rhaid i ti fod yn barod i ddweud yr hanes i gyd wrth y ditectif yn y bore.'

'Ti'n iawn.'

'Rŵan, mi wna i ddringo drwy'r simneiau, ac eistedd ar y to i ddisgwyl am yr heddlu.'

'Diolch, Glo.'

'Mae'n bleser, hogan! Mi ddo' i'n syth i lawr pan wela i rywun yn dod.'

'Diolch, Glo,' meddai eto'n dawel. 'Wn i ddim be fyddwn i'n ei wneud taset ti ddim yma.'

Cododd yr ysbryd ei gap. 'Dim problem, hogan. Nos da.'

'Nos da.' Yna cyfaddefodd Swyn, 'Ma' gen i ofn.'

Gwenodd Glo, a rhoi'i law ar ei hysgwydd. 'Paid â phoeni – mi ofala i amdanat, hogan,' meddai. Am mai ysbryd oedd o, fedrai Swyn ddim teimlo unrhyw beth wrth iddo'i chyffwrdd, ond roedd ganddi deimlad cynnes yn ei chalon.

'Diolch,' atebodd.

'Tria di gysgu, hogan. Mi fydda i ar y to os wyt ti f'angen i.'

Diflannodd yr ysbryd i fyny'r cafn glo, ac roedd y seler unwaith eto'n dywyll.

Roedd Glo wedi hen arfer dringo drwy'r tŷ. Brysiodd i fyny'r cafn glo. Yna, o'r gegin, aeth i'r ystafell oedd â'r

lle tân mwyaf. I fyny â fo drwy'r simnai i'r llawr cyntaf.
Defnyddiai'r tŷ fel ffrâm ddringo fawr.

Cyn pen dim, roedd o ym mhen uchaf y plas. Wedi iddo
wthio'i hun drwy'r corn simnai, camodd ar y to, a hwnnw'n

drwch o eira. Roedd Glo'n benderfynol o weld y ditectif cyn i anti afiach y ferch fach ei weld o. Eisteddodd yno gyda'r eira'r chwyrlïo o'i gwmpas. Syllodd Glo dros y tir tywyll, yn aros ac yn aros drwy'r nos am oleuni yn y pellter.

XX

Gwallgof Bost

Roedd hi'n gwawrio pan welodd Glo feic modur yn agosáu. Syrthiai'r eira o hyd, ond roedd yn ysgafnach erbyn hyn. Am funud, tybiodd Glo mai beic modur Alwen

oedd o, ond na, doedd dim cerbyd bach wrth ei ochr, a dyn mawr sgwâr oedd ar gefn y beic, yn gwisgo siwt a thei a chôt fawr frown a ddawnsiai fel mantell y tu ôl iddo yn y gwynt. Pan drodd y beic i gyfeiriad Plas y Sarnau, llamodd Glo i lawr y simnai i ddweud wrth Swyn.

'Mae o yma!' llefodd, yn llawn cyffro wrth iddo rasio i lawr y cafn i'r seler.

'Pwy?'

'Y plismon, wrth gwrs!'

'Diolch byth!' meddai'r ferch, gan godi ar ei heistedd. 'Faint o'r gloch ydi hi?'

Doedd ganddi ddim syniad a oedd hi'n ddydd neu'n nos yn nhywyllwch y seler. Doedd gan Swyn ddim syniad pa mor hir roedd hi wedi cysgu.

'Mae hi'n gwawrio rŵan. Mae'n gynnar iawn, hogan.'

'Does 'na ddim amser i'w golli, 'ta. Mae Anti Alwen wastad yn codi'n gynnar. Rhaid i ni gyrraedd y drws ffrynt cyn i'r ditectif ganu'r gloch a'i ddeffro.'

'Dilyn fi, hogan,' atebodd Glo, a gyda'i gilydd, dringodd y ddau i fyny'r cafn glo.

Roedd calon y ferch yn rasio wrth iddi frysio o'r gegin ac ar hyd y coridor at y drws ffrynt.

Wrth droi'r bwlyn, sibrydodd, 'Ro'n i wedi anghofio – mae'r drws ar glo! Ac mae Anti Alwen wedi cuddio'r goriad!'

'Rhaid bod 'na ffordd arall i mewn i'r plas,' atebodd Glo.

Trwy'r drws, gallai'r ddau glywed sŵn injan y beic yn cael ei diffodd, a sŵn traed yn crensian drwy'r eira.

'Os ydi o'n canu'r gloch, mi fydd o'n siŵr o ddeffro Anti Alwen!' meddai Swyn. Roedd hi wedi'i chynhyrfu'n llwyr, ond diolch byth, roedd syniad gan Glo.

'Gwaedda drwy'r twll llythyron 'ta!' meddai.

Gwthiodd Swyn y fflap euraid a galw drwy'r twll. 'Ym, helô,' meddai.

Stopiodd y sŵn traed a phenliniodd rhywun o flaen y drws. Y cyfan a welai Swyn oedd llygaid ffyrnig yn syllu 'nôl arni drwy'r twll llythyron.

'Bore da, miss,' meddai llais dwfn a garw. 'Ditectif Strauss ydw i.' Dangosodd y dyn ei fathodyn heddlu drwy'r twll yn y drws. 'Pwy ydych chi?'

'Arglwyddes Swyn o'r Sarnau,' atebodd y ferch.

'Ym, ia. Dyna ddywedodd fy nghyd-weithiwr a atebodd eich galwad ffôn. Rhaid i mi ddweud, dydych chi ddim yn edrych fel arglwyddes!' meddai. 'A dweud y gwir, mae dipyn o olwg arnoch chi.'

'Mae'n wir ddrwg gen i nad ydw i wedi gallu molchi na rhoi dillad glân amdanaf, ond dwi wedi cael fy nghloi yn y seler lo, dach chi'n gweld.'

'Ydach chi wir?' atebodd y dyn yn amheus.

'Do! Do, wir i chi!' meddai'r ferch, a difaru'n syth gan ei bod hi bellach yn swnio fel petai'n dweud celwydd. 'Diolch o galon i chi am ddod. Dwi mor falch eich bod wedi cyrraedd! Ond rŵan eich bod chi yma, wn i ddim lle i ddechrau egluro.' Roedd ei meddwl yn gwibio, a geiriau'n byrlymu o'i cheg. 'Mi wnes i ddeffro yn fy ngwely ar ôl bod yn anymwybodol, ac mi ddywedodd Anti Alwen wrtha i ...'

Pesychodd y ditectif yn ddramatig. 'Hmm, efallai byddai'n well i mi ddod i mewn i'r tŷ a chael y manylion i gyd, miss ..?'

'Ym, o ia, wrth gwrs, Ditectif Strauss, ond y peth ydi ...'

'Ia?' Roedd y ditectif yn swnio fel petai'n dechrau colli amynedd.

'Wel, does gen i ddim goriad i'r drws ffrynt.'

'Dim goriad?' ochneidiodd y ditectif.

'Ia. Na ... ym... dydi o ddim gen i. Mae'n wir ddrwg gen i, syr. Roedd o gen i ond mi wnaeth Tylluan Fynydd Fafaraidd Fawr fy modryb ei gymryd oddi arna i ...'

Chwarddodd y ditectif yn ysgafn ac ochneidiodd. 'Mae'ch stori chi'n mynd yn fwyfwy gwirion, miss!' Syllodd arni drwy'r twll yn y drws. 'Merch fach wirion efo gormod o ddychymyg ydych chi. Mae gwastraffu amser yr heddlu yn beth difrifol iawn!'

Trodd Swyn at Glo. Gwenodd yntau'n drist. Fedrai hi ddim dweud wrth y ditectif fod ganddi ysbryd yn ei helpu.

Byddai o'n siŵr o feddwl ei bod hi'n WALLGOF bost.

'Dydw i ddim yn gwastraffu'ch amser chi, Mr Strauss!' meddai'r ferch.

'DITECTIF Strauss, miss,' cywirodd y dyn.

'Mae'n ddrwg gen i, Ditectif Strauss.'

'Mi fedri di agor drws y garej,' awgrymodd Glo.

'O ia – diolch, Glo,' atebodd Swyn heb feddwl.

'Efo pwy ydach chi'n siarad, miss?' gorchmynnodd y ditectif.

'N-n-neb,' meddai Swyn. 'Fi fy hun!'

'Ydych chi'n aml yn siarad efo chi eich hun? Mae o'n un o'r arwyddion cyntaf o fod yn boncyrs.'

'Ym, yyy, b-b-byth!' atebodd. 'W-w-wel weithiau. Dim ond rŵan! Dyna'r unig dro!'

'Esgusodwch fi, miss, ond dwi am ei throi hi rŵan,' meddai'r ditectif yn ddiamynedd, yn troi ar ei sawdl i adael.

'Na! Peidiwch â mynd, plis!' erfyniodd Swyn drwy'r twll llythyron. 'Cerddwch at ddrws y garej – heibio'r tŷ ac i'r chwith. Mi fedrwch ddod i mewn i'r tŷ drwy fan'no.'

'Os mai mwy o hen lol ydi hyn, bydd rhaid i mi'ch arestio chi.'

'Dydi o ddim yn lol! Dwi'n addo!'

'Gobeithio wir, er eich mwyn chi,' atebodd y ditectif mewn llais difrifol.

XXI

Trosedd

Cerddodd y ditectif o gwmpas y car crand. Gallai Swyn ei weld yn glir erbyn hyn. Dyn crwn oedd Strauss, gyda sbectol drwchus a mop o wallt du. Ar ei wefus uchaf roedd mwstásh, yn debyg i lindys mawr blewog. Edrychai'n union fel ditectif mewn ffilm neu nofel. Gwisgai gôt law frown hir dros siwt lwyd oedd yn edrych yn rhy fach iddo. Ar ei ben, gwisgai het ffelt frown.

Gwyliodd Swyn wrth i'r dyn ysgrifennu nodiadau blêr mewn llyfr bach. Gwelodd ei hadlewyrchiad ei hun yn un o ffenestri'r car oedd heb eu torri, a phrin roedd hi'n adnabod ei hun. Edrychai'n ofnadwy. Roedd ganddi gywilydd ei bod hi mewn coban fach fudr o flaen dieithryn, a llwch glo dros ei hwyneb a'i gwallt. Dim rhyfedd fod y ditectif yn cael trafferth credu ei bod hi'n arglwyddes. Doedd hi ddim yn edrych yn urddasol o gwbl.

Wrth i'r ferch ddangos y car i'r ditectif, roedd Glo wedi dringo i fyny'r simnai i gadw llygad ar Anti Alwen. Cyn

gynted ag y byddai hi'n deffro, byddai'n rhaid i Glo greu

stŵr unwaith eto – unrhyw beth i gadw'r ddynes yn bell

o'r ditectif. Am y tro. Pe bai Swyn yn gallu darbwyllo'r

ditectif mai Anti Alwen oedd yn gyfrifol am farwolaeth ei

rhieni, byddai o wedyn yn gallu brysio i'r llofft ac arestio'r ddynes. Byddai'n medru rhoi'r gefynnau am ei dwylo wrth iddi gysgu!

Syllodd y ferch mewn tawelwch wrth i'r ditectif godi boned cam y car crand ac archwilio'r injan, yn cyffwrdd ambell ddarn ohoni gyda'i feiro. Yna, ciciodd yr holl deiars yn ysgafn, a phenlinio i edrych o dan y car. Doedd Swyn ddim yn siŵr beth oedd pwynt hyn i gyd, ond gan fod Strauss yn dditectif, roedd hi'n siŵr ei fod o'n gwybod beth roedd o'n ei wneud. O'r diwedd, cododd y dyn ar ei draed a dweud, 'Wel, miss, ar ôl archwilio'r car yn fanwl, mae'n amlwg fod hyn wedi bod yn ddamwain drasig. Reit, gwell i mi fynd.'

'Nid damwain oedd hi!' meddai'r ferch.

Rholiodd y ditectif ei lygaid. 'Sut felly?'

'Achos dwi'n meddwl bod 'nhad wedi cael ei wenwyno!'

Daeth cysgod dros wyneb Strauss. 'Ei wenwyno, miss?'

'I-i-ia,' meddai'r ferch ifanc. Roedd Swyn yn sicr ei fod

o'n wir, ond roedd hi'n dal i deimlo'n nerfus yn dweud y geiriau.

Symudodd y ditectif ei sbectol at ddiwedd ei drwyn a syllu drostynt i fyw llygaid Swyn. Roedd o'n amlwg yn ei chymryd o ddifri, o'r diwedd. 'Mae'n well i ni eistedd i lawr, miss, i chi gael dweud popeth wrtha i.'

XXII

Amheuaeth

Ychydig funudau'n ddiweddarach, eisteddai'r ddau gyferbyn â'i gilydd yn llyfrgell fawr Plas y Sarnau. Doedd coesau byrion Strauss ddim yn cyrraedd y llawr wrth iddo eistedd ar y soffa. Caeodd Swyn y drws yn dawel. Doedd hi ddim am ddeffro'i modryb, oedd yn dal i gysgu'n dawel i fyny'r grisiau.

'Beth sy'n rhaid i chi gofio, miss,' meddai'r ditectif wrth Swyn, 'ydi fod 'na lawer o ddiddordeb yn yr achos yma. Arglwydd ac arglwyddes yn marw mewn damwain drasig. Roedd yr hanes ar dudalen flaen yr holl bapurau newydd.'

Doedd Swyn ddim wedi meddwl am hyn. Mae'n rhaid ei fod o wedi bod yn dipyn o stori. 'Wrth gwrs, mae pob damwain fel yna'n cael ei hymchwilio gan yr heddlu a'r ditectifs gorau yn y wlad.'

'Ydyn nhw?'

'Wrth gwrs, miss. Ar ôl edrych drwy'r holl dystiolaeth a chyfweld y tystion, daeth yr heddlu i'r casgliad mai damwain oedd y cyfan.'

'Damwain?' meddai Swyn. Roedd y ditectif yn swnio'n wybodus iawn.

'Ia! Damwain oedd o, miss. Yn sicr. Hollol sicr. Hollol hollol hollol sicr. Hollol hollol hollol hollol sicr, dim amheuaeth, dim o gwbl, diiiiiim. Ac ydych chi'n gwybod pwy oedd yr un mwyaf dewr drwy'r holl archwiliad?

'Pwy?'

'Eich Anti Alwen brydferth.'

Roedd hyn yn sioc fawr i Swyn. Doedd hi erioed wedi clywed unrhyw un yn galw Anti Alwen yn brydferth o'r blaen.

'Hi oedd y cyntaf i gyrraedd lleoliad y drosedd. Ym, y ddamwain, dwi'n feddwl.'

Doedd gan y ferch ddim syniad am hyn. 'Wir?'

Daeth sŵn drws y llyfrgell yn agor yn araf. Neidiodd Swyn o'i chadair. Ai Anti Alwen oedd yna?

Daeth Nico i'r llyfrgell a hambwrdd arian yn ei ddwylo.
Ar yr hambwrdd roedd dwy sliper a mwg yn troelli o'u
cwmpas. 'Dyma crympets, Eich Mawrhydi!' meddai'n
fawreddog. 'Gadwch i mi eu rhoi nhw ar y bwrdd i chi,
syr.' Gollyngodd Nico'r hambwrdd ar lawr, a llithrodd un

o'r slipars – oedd wedi'i gorchuddio â menyn poeth – ar

lin y ditectif. Roedd hi'n amlwg yn chwilboeth.

Brwsiodd y ditectif y sliper oddi ar ei lin ac i'r llawr.

Ond doedd Nico ddim wedi gorffen eto. 'Os oes angen unrhyw beth arall arnoch chi, syr, canwch y gloch yma.' Ymestynnodd i boced ei siaced a nôl cloc bychan. Gosododd y cloc yn ofalus ar ben y ditectif. 'Byddaf yn y llyfrgell.'

Moesymgrymodd y gwas cyn gadael y llyfrgell a chau'r drws ar ei ôl.

Tynnodd Strauss y cloc oddi ar ei ben, a'i daflu ar lawr.

'Peidiwch â phoeni amdano fo, dditectif,' meddai'r ferch. 'Dyna Nico, y gwas.'

'Mae'r dyn yn ffŵl! Dylai bod rhywun yn mynd â fo allan a'i leinio* fo!'

Gwyddai Swyn fod 'na weision gwell na Nico yn y byd. A dweud y gwir, efallai mai fo oedd y gwas gwaethaf oll. Ond roedd hynny'n beth ofnadwy i Strauss ei ddweud.

'Rŵan, lle roedden ni?' meddai'r ditectif, yn bigog ar ôl ymweliad y gwas.

---

*ei daro, nid rhoi leinin amdano, fel pâr o gyrtens. Dwi'n cytuno – doedd hwn ddim yn dditectif caredig iawn o gwbl.

'Ym, roeddech chi'n dweud wrtha i mai fy modryb oedd y cyntaf i gyrraedd y ddamwain,' meddai'r ferch.

'O, ia, ia, miss. A hi oedd yr arwres wnaeth drio achub eich rhieni.'

'Wnaeth hi?' Roedd Swyn wedi'i synnu'n fawr.

'Do, miss. Yn anffodus, doedd 'na ddim byd y gallai ei wneud. Roedd y ddau wedi marw'n barod.'

Llenwodd llygaid Swyn â dagrau wrth feddwl am y peth.

'Ond o leia llwyddodd Alwen eich achub chi. Mi wnaeth hi beryglu ei bywyd ei hun wrth eich tynnu o'r tân yn y car.'

Meddyliodd Swyn am hyn. 'Mae'n ddrwg gen i,' meddai'n dawel. 'Doedd gen i ddim syniad.' Roedd y ditectif yn gwybod llawer mwy na hi am y ddamwain. Wrth gwrs, a hithau wedi bod yn anymwybodol, doedd hynny'n fawr o syndod. Dechreuodd deimlo'n euog am roi'r bai ar ei modryb.

'Miss, rydych chi'n ferch lwcus iawn i gael modryb fel Alwen. Dynes glên a charedig. Prydferth. Talentog.

Y fodryb orau yn y byd. Wrth gwrs, roeddech chi yn yr ysbyty pan gynhaliwyd angladd eich rhieni, ond gadewch i mi ddweud wrthych fod Alwen wedi siarad yn dda iawn yn y gwasanaeth. Roedd hi'n amlwg i bawb ei bod hi'n caru ei brawd a'i chwaer yng nghyfraith yn fawr. Mi wnaeth hi ganu darn hyfryd o opera Almaenig wrth i'r eirch gael eu cario o'r eglwys. Mae ganddi lais bendigedig.'

Beth?! meddyliodd y ferch. Roedd Swyn wedi bod yn ddigon anlwcus i glywed ei modryb yn canu sawl gwaith dros y blynyddoedd. Swniai fel cath yn cael ei chrogi.

'Roedd pawb yn yr eglwys yn wylo,' meddai'r ditectif.

'Am fod ei chanu hi mor ofnadwy?' gofynnodd y ferch.

'Mae hynny'n beth cas i'w ddweud!' gwaeddodd y ditectif.

'CAS!'

Cafodd y ferch ei dychryn gan dymer y ditectif, ac ymddiheurodd Swyn yn syth. 'Ddylwn i ddim fod wedi dweud hynny.'

'Dylai bod gennych chi gywilydd, miss!' gwaeddodd.

'MAE HI'N UN O GANTORESAU OPERA GORAU'R BYD!'

Teimlai Swyn fel llefain. Roedd y ditectif yn dweud y drefn go iawn.

'Sorri,' meddai'n dawel.

'Wel, fe ddylech chi fod yn sorri! A beth bynnag rydych chi'n ei wneud, peidiwch â chrio! Fedra i ddim dioddef plant bach yn crio. Rŵan, lle oeddwn i ..? O ia. Ddeufis ar ôl yr angladd, mynnodd Ms Alwen eich bod chi'n dod adref. Roedd hi'n gwybod na fyddai unrhyw un yn gallu gofalu amdanoch chi gystal â'ch hoff fodryb.'

Er ei fod o'n siarad yn gall, doedd Swyn ddim yn siŵr. 'Ond pam wnaeth hi 'nghloi i yn y seler, 'ta?

Cynhyrfwyd Strauss am ychydig. 'Wel, ym, dwi'n dychmygu, os ydi o'n wir ei bod hi wedi'ch *gosod* chi yno,' dewisodd ei eiriau'n ofalus, 'mae'n rhaid ei fod o er eich lles eich hun. Mae'n siŵr eich bod chi wedi cael sioc wrth glywed am farwolaeth eich rhieni. Mae sioc yn medru gwneud i bobol ymddwyn yn rhyfedd iawn. Efallai, miss, eich bod chi wedi ceisio rhedeg i ffwrdd. Ydw i'n iawn?'

Doedd dim amheuaeth fod Strauss yn dditectif gwych. Roedd o'n gallu datrys pob dirgelwch. Gwyddai'r atebion i gwestiynau doedd o ei hun ddim wedi'u gofyn eto.

'Y-y-ydych,' cyfaddefodd Swyn. 'Ro'n i'n trio rhedeg i ffwrdd.'

'Ro'n i'n amau. Ac yn y tywydd yma, mi fyddech chi wedi gallu rhewi'n gorn. A gwnâi hynny ddim o'r tro o gwbl.'

'Na,' atebodd y ferch.

'Dim eto,' meddai'r ditectif dan ei wynt.

'Beth ddywedoch chi?' gorchmynnodd Swyn.

'Dim byd, miss,' atebodd Strauss yn ddiniwed.

XXIII

Tro Gwael

'Mae'n ddrwg gen i, Ditectif Strauss,' meddai Swyn wrth iddi edrych arno ar draws y llyfrgell, 'ond fedra i ddim coelio mai damwain oedd hi. Dwi'n dal yn meddwl bod hyn yn achos o ...' Pwyllodd am ychydig cyn dweud y gair,

'lofruddiaeth!'

'Llofruddiaeth, ia?' meddai Strauss. 'A beth sy'n gwneud i chi, miss, feddwl peth felly?'

Anadlodd Swyn yn ddwfn a dewisodd ei geiriau'n ofalus. 'Gwrandewch, Ditectif Strauss. Mi wnaeth fy modryb bot o de i ni ar fore'r ddamwain.'

'Am beth caredig a hyfryd i'w wneud!' meddai'r ditectif.

'Ia! Ac yn hollol annodweddiadol!' atebodd y ferch yn bigog.

Mwythodd y ditectif ei fwstásh. 'Felly rydach chi'n dweud bod eich Anti Alwen wedi llofruddio'ch rhieni gyda phot o de?

Ha ha ha!'

Chwarddodd y dyn yn uchel.

Meddyliodd y ferch am ychydig cyn ateb. 'Dwi'n meddwl bod Anti Alwen wedi gwenwyno'r te.'

Roedd y ditectif yn dawel am ychydig. Syllodd ar y ferch gyda'i lygaid mawr oeraidd. 'Yn meddwl ... neu ydych chi'n gwybod?' gofynnodd yn bwyllog.

'Dwi'n gwybod. Dwi'n meddwl. Dwi'n meddwl 'mod i'n gwybod ...' Roedd Swyn yn dechrau mwydro. Teimlai fel petai'r ditectif yn ei thrin hi fel dihiryn.

'Miss, mae'n siŵr nad oes rhaid i mi ddweud wrthych chi fod hynny'n honiad difrifol iawn.'

Dechreuodd y ferch ei hamau ei hun. Dechreuodd ei hamheuon ddrysu a chawlio yn ei meddwl. Ond roedd hi'n gwbl sicr o un peth. 'Dwi wedi darllen nifer o nofelau am lofruddiaethau ...' dechreuodd.

'A-ha! Felly o'r rheiny mae'r hen syniadau gwirion yma wedi dod!' wfftiodd y ditectif.

'Dwi wedi dysgu bod y rhan fwyaf o lofruddiaethau yn digwydd er mwyn i'r llofruddiwr gael rhywbeth. Meddwl am hynny ydy'r ffordd orau o ddatrys llofruddiaeth. Ac mae hynny'n pwyntio at Anti Alwen!'

'O, ia!' chwarddodd Strauss. 'Ydych chi'n trio cymryd fy swydd i, miss? Dwedwch 'ta. Pa reswm yn y byd fyddai gan Ms Alwen dros lofruddio eich rhieni?'

Cymerodd Swyn anadl ddofn cyn ateb. 'Mae hi eisiau'r tŷ yma iddi hi ei hun. Dyna ydi ei dymuniad hi erioed, ers ei bod hi'n hogan fach.'

'O, ydi hi wir?' atebodd y ditectif yn goeglyd.

'Ydi!' Roedd Swyn yn gwbl siŵr. 'Mae hi'n trio dweud bod rhaid i mi roi Plas y Sarnau iddi hi! Diolch byth, fedr hi ddim dod o hyd i'r gweithredoedd.'

Ysgydwodd Strauss ei ben. 'Mae'n siŵr mai eisiau edrych ar ôl pethau i chi mae Ms Alwen, miss.' Roedd gan y ditectif ateb i bopeth. 'Wrth gwrs, byddai'r gweithredoedd yn dystiolaeth ddefnyddiol iawn yn yr achos yma. Dydech chi ddim yn digwydd gwybod lle maen nhw, ydych chi?'

'Nac ydw.' Heb feddwl, gwibiodd llygaid y ferch at y silff yn y llyfrgell lle roedd *Rheolau Tidliwincs* yn cael ei gadw. Doedd hi ddim wedi arfer dweud celwydd, a nawr roedd hi'n siŵr ei bod hi wedi datgelu, heb drio, lle roedd Dadi wedi cuddio'r gweithredoedd. Ni allai hi ymddiried yn y ditectif o gwbl. Os oedd o'n gwybod lle roedd y gweithredoedd, mae'n bosib iawn y byddai'n eu rhoi nhw i Anti Alwen. Wedi'r cyfan, swniai fel petai'n ochri gyda hi ym mhob dim.

Gwenodd y ditectif. 'Pam wnaethoch chi edrych draw at y silff acw pan ddywedoch chi, "nac ydw", miss?'

'Wnes i ddim!' protestiodd y ferch, a heb drio, edrychodd draw at y silff unwaith eto.

Gwyddai'r ditectif ei bod hi'n dweud celwydd. Neidiodd i lawr o'r soffa a symud at y silffoedd.

'Beth ydach chi'n ei wneud?' gofynnodd Swyn.

'O, dim ond yn cael cip ar yr holl lyfrau bendigedig sydd gennych chi yma ym Mhlas y Sarnau,' atebodd y ditectif.

'Efallai dylwn i fynd â chi i swyddfa Dadi,' meddai Swyn, yn ceisio denu'r dyn o'r llyfrgell.

'Dwi ddim yn meddwl, miss. Ewch i'r gegin i nôl sieri bach i mi.'

'Nawr?' gofynnodd Swyn.

'Nawr!' atebodd Strauss yn bendant.

Gyda hynny, gafaelodd ym mraich y ferch a'i harwain allan o'r llyfrgell, gan gau'r drws y tu ôl iddi ...

CLEP!

XXIV

Stwffio

I fyny yn ystafell Anti Alwen, roedd Glo ar ei gwrcwd yn y gornel. Roedd yr ysbryd wedi dod i'r ystafell drwy'r simnai am fod y ddynes yn cloi'i drws yn y nos. Bwriad Glo oedd cadw llygad arni tra oedd hi'n cysgu, a dweud wrth Swyn yn syth pan fyddai'n deffro. Petai'n deffro ac yn clywed ei nith yn siarad â'r ditectif, byddai'n gwylltio'n gacwn.

Roedd paentiad anferth o fodryb Swyn a Wagner mewn fffrâm aur ar y wal. Ar fyrddau bach o boptu'r ystafell roedd tanciau gwydr gyda thylluanod o bob lliw a llun wedi'u stwffio ynddynt:

– Tylluan fach Japaneaidd.

– Tylluan Unllygeidiog o Fynyddoedd yr Himalaya wyddai neb am ei bodolaeth.

– Tylluan Big Hir Amffibiaidd o Antarctica, a allai blymio cannoedd o droedfeddi i'r môr er mwyn dal pysgod.

- Tylluan Bigog, neu
  'Gwdihos Draenogos',
  i roi ei henw Lladin
  arni.

- Mochlluan, sef hanner tylluan/hanner mochyn.

- Tylluan ag adenydd pitw bach o Ffiji,
  'Gwdihwos Dimhedfanos'.

– **Tylluan Ddeuben.**

– **Tylluan Gymreig ddi-blu,**
  'Gwdihwos Moelws.'

– **Tylluan Drithroed.**

– **Tylluan Wen yr Iâ (nid teisen hufen iâ).***

---

*Mae gweinyddwyr trwm eu clyw wedi gwneud y camgymeriad yma mewn sawl bwyty, ac wedi gweini'r dylluan hon gyda waffer. Dydy hi ddim yn dylluan flasus, ond mae'n blasu'n well efo cwstard drosti.

Teimlai'r llofft yn sinistr iawn, hyd yn oed i ysbryd; yr
holl greaduriaid bendigedig a phrin yma, wedi'u stwffio.
Roedd yr adar wedi'u gosod mewn ffyrdd rhyfedd hefyd.
Safai un ar frigyn a'i adenydd ar led, fel petai ar fin hedfan.
Roedd gan un arall lygoden wedi'i stwffio yn ei big. Ac
roedd rhai ... wel, roedd rhai yn od iawn, iawn:

– **Tylluan yn chwarae seiloffon.**

– **Dwy dylluan yn chwarae badminton.**

**– Un yn gwisgo
esgidiau sglefrio.**

- Tylluanod yn ymladd â chleddyf.
- Dwy dylluan ar feic tandem
  pitw bach.
- Un arall mewn siorts lledr
  yn mwynhau peint o gwrw.

- Tylluan fechan mewn
  gwisg joci ar gefn
  ceffyl.

- Tylluan wedi'i
  gwisgo fel peilot
  Almaenig o'r
  Rhyfel Byd Cyntaf.

- **Pâr o dylluanod yn dawnsio.**
- **Tylluan yn dawnsio â'i chap pig o chwith – roedd hyn yn rhyfedd iawn, gan nad oedd neb yn gwisgo pethau o'r fath yng nghyfnod y stori hon.**

Byddai unrhyw un oedd yn ymweld â llofft Anti Alwen yn sylweddoli ei bod hi'n wallgof. Nid yn unig yn wallgof ond yn wallgof bost, neu hyd yn oed yn wallgof wirion bost.*

O ochr bellaf yr ystafell, gallai Glo weld siâp dan flancedi gwely anferth Anti Alwen. Roedd pen yn y golwg, yn gwisgo het fawr Alwen. Roedd sŵn y chwyrnu mor uchel, fe grynai'r dodrefn.

---

*neu'n wallgof wirion bost post.

'Chhhhhhhhh…! Chhhhhhh…!'

Ar ôl i Glo edrych o gwmpas yr ystafell am ychydig, dychwelodd ei lygaid at y siâp yn y gwely. Ac yna, sylwodd ar rywbeth rhyfedd iawn. Ar waelod y gwely, nid traed dynes oedd yn y golwg, ond crafangau.

Troediodd Glo at y gwely. Yn araf ac yn dawel, cododd y flanced a gweld bwystfil mawr pluog.

Nid Anti Alwen oedd yna.

Wagner oedd o!

XXV

Cnoi'r Awyr

Gwaeddodd Glo, a deffrôdd yr aderyn anferth.

Mae un ffaith y dylech ei gwybod am y Dylluan Fynydd Fafaraidd Fawr, sef nad yw hi'n hoffi boreau. O na. Adar y nos ydyn nhw, felly pan maen nhw'n syrthio i gysgu, mae'n well ganddyn nhw chwyrnu tan ganol y pnawn, codi'n araf, mwynhau brecwast hwyr iawn, twtio'u plu am ychydig, a gwrando ar newyddion y tylluanod ar y radio. Dydy eu diwrnod arferol nhw ddim yn dechrau'n iawn tan ar ôl hynny.

Peidiwch â mentro deffro Tylluan Fynydd Fafaraidd Fawr cyn amser cinio.

Dyna'n union wnaeth y bachgen druan.

Crawciodd Wagner yn uchel ar Glo, a llamu o'r gwely. Neidiodd i fyny ac i lawr am ychydig, gan drio pig-pig-

pigo'r ysbryd bach. Yna lledaenodd yr aderyn ei adenydd mawrion a dechreuodd hedfan. Fflapiodd o gwmpas y llofft ar ôl y bachgen, yn ceisio'i ddal gyda'i grafangau miniog.

'AAAAAAAAAAA!' gwaeddodd Glo, gan wneud ei orau glas i ddianc rhag yr aderyn. Rhuthrodd at y drws ond roedd wedi'i gloi. Pigai'r dylluan Glo yn filain gyda'i phig miniog.

Fel llygoden yn ceisio dianc,
brysiodd y bachgen o amgylch
ymylon yr ystafell. Doedd dim pwynt
– roedd yr aderyn yn rhy gyflym. Ceisiodd Glo guddio y
tu ôl i danciau gwydr y tylluanod oedd wedi'u stwffio, ond
gallai Wagner eu torri drwy chwifio'i adenydd mawrion
yn eu herbyn. Roedd y llawr yn frith o wydr wedi torri a
chyrff tylluanod. Am olwg ryfedd!

Ymestynnodd Glo am y peth agosaf i'w warchod ei hun
– set tidliwincs! Cododd y bocs yn uchel a'i daro'n galed
yn wyneb y dylluan, a neidiodd wincs bach amryliw dros
y lle.

Ond doedd hynny ddim yn ddigon i stopio'r dylluan.

Roedd yn rhaid i Glo ddianc. Yr unig ffordd allan o'r ystafell oedd y ffordd y daeth i mewn iddi. Brysiodd y bachgen at y lle tân, a dechreuodd ddringo i fyny'r simnai.

'Aaaaaa!' sgrechiodd.

Roedd Wagner wedi cydio yn nhroed Glo gyda'i big, ac roedd o'n gwneud ei orau i'w lusgo o'r simnai. Rhoddodd Glo gic i'r aderyn gyda'i droed arall, ac agorodd yr aderyn ei big i grawcian.

'CRAAAAWC!'

Brysiodd Glo i fyny'r simnai. Gyda'r lle tân yn bell oddi tano, teimlai'n saff am ychydig. Roedd y deryn mawr yna'n codi ofn arno, ond siawns na fyddai Wagner yn ei ddilyn i fyny fa'ma.

Roedd Glo'n anghywir.

Edrychodd i lawr.

Yn saethu i fyny'r simnai fel bwled roedd Wagner, ei lygaid yn gloywi'r düwch, a'i big yn cnoi'r aer yn wyllt. Roedd o eisiau rhwygo'r bachgen yn ddarnau.

'NAAAAA…!'

sgrechiodd Glo, ei sŵn yn atseinio drwy holl simneiau'r tŷ.

XXVI

Murmur Marwolaeth

Fel roedd Swyn yn arllwys gwydraid o sieri i'r ditectif, daeth hwnnw i mewn i'r gegin gyda gwên anferth dan ei fwstásh.

Cafodd Swyn ffasiwn syndod o'i weld yn sefyll yn y drws nes iddi ollwng y gwydr ar lawr.

CRASH!

Roedd y llawr yn frith o lestri wedi torri.

'Merch wirion!' dwrdiodd y dyn.

'Mae'n ddrwg gen i – doeddwn i ddim yn disgwyl eich gweld chi yma,' atebodd Swyn. 'Ro'n i'n meddwl eich bod chi yn y llyfrgell.'

'Na, na, dwi wedi gorffen yn fan'no, miss.'

Oedd Ditectif Strauss wedi dod o hyd i'r gweithredoedd? Doedd Swyn ddim yn siŵr.

Roedd rhaid iddi ddewis ei geiriau'n ofalus. 'Felly wnaethoch chi ddim dod o hyd i unrhyw beth difyr yno?' mentrodd.

'Naddo, miss. Dim oll.'

Ond oedd y ditectif yn dweud y gwir? Am y tro, doedd gan Swyn fawr o ddewis heblaw ei goelio.

Edrychodd ar y llanast ar lawr y gegin.

Mae'r tebot yma'n rhywle. Mae o wedi chwalu'n deilchion, ond os medra i ddod o hyd i ddarn bach, mi fedrwch chi fynd â fo yn ôl i'ch labordy a gwneud profion arno i chwilio am wenwyn.' Ysgydwodd y ditectif ei ben wrth i'r ferch suddo i'w gliniau a chwilio drwy'r darnau mân o lestri miniog. 'Mae o yma yn rhywle!'

248

'Does gen i mo'r amser am y lol yma, miss!'

'Fedrwch chi fy helpu i chwilio am y tebot, os gwelwch yn dda?'

'Na, fedra i ddim, miss!' atebodd yn ddig. 'Mae hyn yn wirion bost!'

Roedd Swyn yn cael trafferth dod o hyd i ddarnau o'r tebot. Roedd hi'n difaru nawr ei bod hi wedi gadael i Glo ddinistrio tystiolaeth mor allweddol. 'Wel, os ydi'r tebot wedi mynd, efallai y gallwn ni ddod o hyd i'r gwenwyn! Efallai fod fy modryb wedi'i guddio yma yn rhywle? Efallai ei fod o'n dal yma ers iddi wneud y te gwenwynig!' Rhuthrodd Swyn i'r pantri, a dechrau chwilio drwy'r cannoedd o duniau a jariau oedd yno.

Syllodd Strauss arni'n amheus, gan ochneidio'n ddramatig nes i Swyn ddechrau amau ei hun. Cyn bo hir, roedd Swyn wedi gwagio pob tun, jar a phecyn yn y gegin, ond doedd hi ddim wedi dod o hyd i unrhyw beth oedd yn debyg i wenwyn. Yr unig beth yno oedd bisged wedi llwydo, hen geirch llychlyd a thafell sych o fara brith. Roedd haen denau o lwydni gwyn dros y bara brith, a

chynrhon bach yn gwingo ynddo. Er mawr syndod i'r ferch, cipiodd y dyn y bara brith a'i lyncu'n awchus.

'Hen bryd i chi gynnig darn o gacen i mi,' meddai Strauss, ei geg yn llawn. 'Felly, miss, ydych chi wedi gorffen y gêm wirion yma?'

'Naddo! A dydi o ddim yn gêm!' atebodd. 'Mae'n rhaid i chi 'nghredu i, ditectif. Roedd Anti Alwen wedi'n gwenwyno ni i gyd. Dwi'n siŵr mai dyna ddigwyddodd! Gadewch i mi edrych drwy'r tuniau yma eto.'

Ochneidiodd y ditectif yn ddramatig ac edrych ar

ei oriawr aur. 'Er cymaint yr hoffwn i eich gweld chi'n gwneud llanast pellach o'r gegin, mae'n rhaid i mi yrru 'nôl i swyddfa'r heddlu cyn bod storm arall o eira yn cyrraedd. Mae 'na fusnes pwysig iawn i'w sortio – dihirod go iawn i'w dal, troseddau go iawn i'w datrys. Dim hen lol o ddychymyg hogan fach hanner call.'

'O-o-ond ...' dechreuodd Swyn.

'Wrth gwrs, bydd rhaid i mi baratoi adroddiad pan a' i 'nôl, felly dwi angen i chi arwyddo'r datganiad yma cyn i chi fynd.'

'Datganiad?' gofynnodd Swyn.

'Ia, miss, mae o'n beth eitha cyffredin. Y cyfan sydd angen ydi llofnod a dyddiad ar y gwaelod yma.'

Rhoddodd y ditectif ddogfen o'i blaen, ac yna'i chipio i ffwrdd cyn iddi gael amser i'w darllen.

'Beth mae hi'n ei ddweud?' Roedd tad Swyn wastad wedi dweud wrthi am beidio arwyddo unrhyw beth heb ei ddarllen yn drwyadl yn gyntaf.

'Beth ydych chi'n feddwl, "Beth mae hi'n ei ddweud?" Mae'n disgrifio popeth yr ydych chi wedi ei ddweud

wrtha i. Ac yn esbonio'ch bod chi'n sylweddoli eich bod
chi'n anghywir ac mae lol oedd y cyfan!'

'Dydi o ddim yn lol!'

'Mae o yn lol!'

'Dydi o ddim!'

'Mae o!'

'Nac ydi!'

'Ydi!'

Roedd peryg i'r ddadl
wirion yma barhau tan
iddi dywyllu. 'Mae hyn
yn blentynnaidd iawn,
Ditectif Strauss. Os ydw
i am arwyddo rhywbeth,
mae'n rhaid i mi ei ddarllen
o'n gyntaf.'

Dechreuodd y ditectif wrido, ac ymestynnodd i'w boced am feiro fawr ddu. Gyda phob gair, pwyntiodd ben miniog aur y feiro tuag at y ferch. Llyncodd Swyn. Roedd arni ofn cael ei brifo gan y feiro fawr.

'ARWYDDA. FO.'

'Gadewch i mi ei ddarllen o'n gyntaf ..!'

Stopiodd y ditectif, a gwenodd, gan newid yn llwyr. 'Mi wna i ei ddarllen o i chi, miss – dwi'n glên iawn fel 'na.' Cododd y dyn y papur yn agos iawn at ei wyneb fel na allai Swyn weld y geiriau, a dechreuodd ddarllen yn uchel.

'Yr wyf fi, Arglwyddes Swyn o'r Sarnau, yn tyngu bod y datganiad hwn i Ditectif Strauss yn gywir ac yn wir ar Ragfyr yr 22ain, 1933 dan ddeddf naw deg dau, paragraff tri deg tri B. Roedd fy rhieni, Arglwydd ac Arglwyddes la-di-da-di-dym ...'

Doedd y ditectif ddim yn darllen y cyfan yn iawn.

'... marw mewn damwain car, la-di-da-di-da. Rwyf yn honni mai o ganlyniad i yfed te a wnaethpwyd o hadau Planhigyn Angau Araf ... bwm-di-di... ym-di-dym ...'

Syllodd y ferch ar y ditectif. 'Be ddywedoch chi rŵan?'

Cododd y dyn ei lygaid o'r papur a syllu ar y ferch.

'Be ydych chi'n feddwl, "Be ddywedais i rŵan"?'

Lledodd llygaid y ferch. 'Am hadau Planhigyn Angau Araf yn y te.'

'Wnes i?' meddai'r ditectif, yn dechrau cynhyrfu.

'Do! Do, fe wnaethoch chi!' Roedd Swyn yn gwybod bod rhywbeth o'i le. Rhywbeth mawr. 'A soniais i 'run gair am hynny. Dim un!'

'Na finna. Dim gair.'

'Do! Mi glywais i chi!'

Rhoddodd llygad y dyn blwc. Roedd o'n anesmwytho.

XXVII

Brwydr yr Ystafell Snwcer

Er mor gyflym y gallai Glo ddringo i fyny'r simnai, roedd Wagner yn dynn ar ei sodlau. Roedd y dylluan yn gwneud ei gorau i frathu traed y bachgen.

Bu Glo'n ysbryd ym Mhlas y Sarnau ers degawdau, ac roedd o'n adnabod pob twll a chornel o'r holl simneiau oedd o'r golwg y tu ôl i waliau'r tŷ mawr. Neidiodd Glo i'r naill ochr, gan faglu drwy le tân yr ystafell snwcer.

Dyma'r ystafell lle'r oedd cenedlaethau o arglwyddi'r Sarnau wedi dod gyda'u cyfeillion i chwarae gêm o snwcer ar ôl swper. Yma roedd cannoedd o ddynion wedi chwarae snwcer, smocio sigârs drudfawr ac yfed wisgi o wydrau crand. Doedd neb wedi defnyddio'r ystafell ers degawdau. Safai'r bwrdd snwcer mawr ynghanol yr ystafell, ond roedd ei arwyneb gwyrdd yn llwch i gyd.

Aeth Glo ar ei bedwar at y bwrdd snwcer, a chuddio y tu ôl i un o'r coesau.

Eiliad yn ddiweddarach, saethodd Wagner o'r simnai, â chwmwl o lwch glo ar ei ôl. Ysgydwodd ei adenydd mawrion i gael gwared arno, a llonyddodd am eiliad. Edrychodd o gwmpas yr ystafell, a gweld y llwybr du o olion traed a dwylo oedd i'w gweld ar y carped lliw hufen. Roedden nhw'n arwain at un o goesau'r bwrdd snwcer.

Roedd Wagner yn barod.

Arhosodd Glo mor llonydd â delw y tu ôl i goes y bwrdd, yn benderfynol o beidio cael ei ddal. Ond dilynodd y dylluan yr olion du, a neidiodd dros y llawr, yn araf ac yn dawel.

O'r diwedd, roedd yr aderyn ar ochr draw coes y bwrdd snwcer. Gallai Glo ei glywed yn anadlu.

Ymestynnodd yr ysbryd un llaw i fyny at y bwrdd snwcer er mwyn nôl ciw pren i'w amddiffyn ei hun. Ond cleciodd y ciw snwcer yn erbyn y bwrdd, a neidiodd Wagner i un ochr.

'CRAAAAAAA

Roedd y sŵn yn annioddefol.

SN AP!

AAAAAAAWC!'

Daliodd Glo'r ciw snwcer o'i flaen, ond cyn i'r bachgen roi cynnig ar waldio'r aderyn, rhwygodd Wagner y ciw pren o'i ddwylo gyda'i big. Yna, torrodd y ciw yn ei hanner gydag un brathiad caled.

Fodd bynnag, rhoddodd hyn gyfle i Glo lamu o'r ffordd ac i fyny i ben y bwrdd. Roedd nifer o beli lliwgar yno. Doedd Glo ddim wedi chwarae snwcer erioed. Doedd ganddo ddim syniad beth oedd pwrpas y peli, ond roedd ganddo syniad da iawn am beth i'w wneud gyda nhw. Pan lamodd yr aderyn i fyny ar y bwrdd, gan rwygo'r defnydd gwyrdd gyda'i grafangau, cododd Glo bêl wen a'i thaflu at yr aderyn â'i holl nerth. Ond roedd Wagner yn gyflym, a daliodd y bel yn ei grafangau. Gwyliodd Glo mewn syndod wrth i'r aderyn wasgu'r bêl yn galed.

CRENSH.

Trodd y bêl yn llwch.

Neidiodd yr ysbryd o'r bwrdd, a llamu i gyfeiriad y drws. Cododd y dylluan o'r bwrdd snwcer a brysio ar ei ôl. Taflodd Glo beth bynnag a welai at yr aderyn – cadeiriau, llyfrau, lluniau, bwrdd coffi ... Ond taflai Wagner y cyfan o'r neilltu gyda'i adenydd mawrion, a'u lluchio yn erbyn y wal nes bod popeth yn ddarnau.

CRASH!

O'r diwedd, cyrhaeddodd Glo'r drws, a'i agor. Edrychodd y tu ôl iddo. Roedd y dylluan yn hedfan tuag ato'n gyflym. Edrychai fel bwled yn nesáu, gyda'i gorff yn hir ac yn denau.

Caeodd Glo'r drws y tu ôl iddo.

CLEP!

Eiliad yn ddiweddarach, daeth sŵn

CRASH!

Roedd yr aderyn wedi hedfan yn syth i mewn i'r drws mawr pren.

Gwenodd Glo'n wan allan yn y coridor. Gwasgodd ei law ar fwlyn y drws, yn benderfynol o gadw'r aderyn dychrynllyd yn yr ystafell snwcer.

CRASH!

Crynodd y drws.

Prin y gallai'r ysbryd gredu'r peth.

Roedd y dylluan yn ceisio torri trwy'r drws.

CRASH!

Clywodd sŵn adenydd yr ochr arall i'r drws wrth i Wagner godi eto. Mae'n rhaid ei fod o'n hedfan o gwmpas yr ystafell snwcer cyn cael tro arall.

Cadwodd Glo ei law yn dynn ar y bwlyn.

CRASH!

Y tro yma, gallai Glo deimlo'r pren yn dechrau sigo.

Rhedodd Glo. Wrth iddo wibio i lawr y coridor, byrstiodd y Dylluan Fynydd Fafaraidd Fawr drwy'r drws.

BŴM!

Ffrwydrodd y drws a syrthiodd cawod o ddarnau bach miniog o bren ar lawr y coridor ...

CRASH!

... a glaniodd Wagner yn sypyn ar lawr. Gorweddodd yn llonydd. Oedd o wedi'i frifo ei hun wrth dorri drwy'r drws?

Troediodd yr ysbryd ar hyd y coridor, a diflannodd i mewn i'r ystafell gyntaf y daeth ar ei thraws. Caeodd y drws yn araf y tu ôl iddo. Ystafell i blant oedd hi. Safai hen geffyl pren wrth y ffenest, ac roedd set drenau wedi'i gosod ar lawr. Roedd llawer o lyfrau mawr lliwgar, tedis, doliau, milwyr bach, bocs o farblis, ceir bach a chi fflwfflyd ar olwynion. Dyma oedd hoff ystafell Glo. Doedd gan neb yn y wyrcws yr un tegan, felly roedd y lle yn llawn hud i Glo.

Ond er cymaint yr hoffai fod wedi aros a chwarae, roedd rhaid iddo barhau i symud, ac i ffwrdd â fo at y lle tân a dringo'r simnai.

Yn ôl yn nhywyllwch y twneli, gwyddai fod rhaid iddo ddod o hyd i Swyn. Roedd angen ei rhybuddio hi! Doedd Anti Alwen ddim wedi bod yn ei gwely'n cysgu wedi'r cyfan.

Yn sydyn, gwyddai Glo yn union lle roedd Anti Alwen, a gwyddai hefyd fod Swyn mewn perygl enbyd.

XXVIII

Fel Bol Buwch

Hoffech chi wybod beth oedd Anti Alwen yn ei dyfu yn y tŷ gwydr?

Ro'n i'n meddwl y byddech chi.

Roedd y tŷ gwydr ar ben pellaf lawnt hir Plas y Sarnau. Roedd Alwen wedi paentio pob un darn o wydr yn ddu, ac wedi rhoi clo mawr ar y drws. Doedd Swyn ddim yn cael mynd yno ar unrhyw gyfri, na neb arall o'r teulu chwaith. Dim hyd yn oed Wagner. Unwaith, gofynnodd Swyn i'w modryb sut oedd y planhigion yn tyfu heb olau naturiol, ac fe gafodd yr ateb fod 'y planhigion arbennig yma'n tyfu mewn tywyllwch'. Ar ôl clywed hynny, roedd y ferch yn torri'i bol eisiau gwybod beth oedd yn y tŷ gwydr, ond byddai Alwen yn gwarchod y lle a chafodd Swyn ddim un cyfle i fusnesu.

Wrth gwrs, roedd Anti Alwen wedi bod yn tyfu'r Planhigyn Angau Araf ers deng mlynedd, yn aros am yr amser iawn i wireddu ei chynllun dieflig. Roedd o'n un o nifer o blanhigion od roedd Anti Alwen wedi'u tyfu yn y tŷ gwydr. Planhigion cyfrinachol oedden nhw, a doedd dim llawer o bobol yn y byd yn gwybod am eu bodolaeth. Roedd pob un mor beryglus nes bod rhaid i Alwen wisgo menig lledr trwchus wrth dendio arnynt.

Dyma rai o'r planhigion oedd yn nhŷ gwydr Alwen:

– Y Rhosyn Du.

Tlws iawn, ond os ydy un o'r drain yn eich pigo, mae hi'n ta-ta arnoch chi. Mae'r gwenwyn yn ddigon cryf i ladd eliffant.

– Ffrwythau Ffyrnig.
Mae'r ffrwythau porffor yma
yn medru'ch brathu chi cyn i
chi gael cyfle i'w blasu nhw.

– Llwyn Lloerig.
Mae chwedlau'n dweud bod
canghennau'r llwyn yn medru
lapio'u hunain o gwmpas gwddf
rhywun, a'i dagu i farwolaeth.

– Rhedyn Fŵdŵbwhŵ.
Arferai hen wrachod losgi'r
planhigion yma mewn
seremonïau dieflig.

– Mwsog y Wrach.
Mwsog drewllyd a fedrai
arwain at farwolaeth.

– Lilis Sibrwd.

Mae'r rhain yn sibrwd pethau
ofnadwy amdanoch pan rydych
chi'n troi eich cefn, ac yn
gwneud i chi golli'ch pwyll.

– Conwyddau Cripian.

Mae'r rhain yn symud yn y
tywyllwch, cyn ymosod arnoch.

– Hypnoflodau. Mae'r rhain yn gallu eich helpu i golli
pwysau neu roi'r gorau i ysmygu, ond maen nhw'n fwy
tebygol o'ch hypnoteiddio i wneud pethau ofnadwy.

– Aeron Creulon. Mae arogl melys
yr aeron yn gwneud i bobol feddwl
eu bod yn saff i'w bwyta. Mae un
aeronen fach yn ddigon i'ch lladd.

– Tegerian Poeri.
Pan rydych chi'n plygu
drosodd i'w arogli, mae'n
poeri gwenwyn atoch chi.

Gwell i ni ddychwelyd i'r stori. Mae Ditectif Strauss yn y
gegin, yn chwys drosto.

Roedd y dyn wedi sôn am y Planhigyn Angau Araf yn
natganiad Swyn i'r heddlu. Ond sut yn y byd roedd o'n
gwybod am hynny? Dim ond dyfalu fod ei rhieni wedi
cael eu gwenwyno a wnaeth Swyn, a doedd ganddi ddim
syniad am y manylion. Roedd popeth yn dechrau gwneud
synnwyr ym meddwl y ferch nawr. Mae'n rhaid bod hadau

bychain y Planhigyn Angau Araf wedi'u rhoi yn nhe'r teulu'r bore hwnnw. Dyna pam roedd Swyn wedi syrthio'n anymwybodol. Dyna pam roedd y car crand wedi bod mewn damwain. Doedd gan Mami a Dadi druain ddim gobaith.

A nawr roedd Ditectif Strauss wedi datgelu, drwy gamgymeriad, ei fod yntau hefyd yn gwybod mwy nag yr oedd o'n cyfaddef. Llawer, llawer mwy.

Pwyntiodd y dyn ei feiro at wyneb y ferch. 'Arwyddwch yn fan hyn, os gwelwch yn dda.'

'Na!' Roedd Swyn yn bendant. 'Sut oeddech chi'n gwybod bod Anti Alwen yn tyfu pethau rhyfedd yn ei thŷ gwydr?'

Roedd Swyn wedi cymryd rôl y ditectif. Ei thro hi oedd gofyn y cwestiynau nawr!

'Dydach chi ddim llawn llathen, miss! Ddywedais i 'run gair am y Planhigyn Angau Araf!'

'Do, tad!' mynnodd Swyn.

Roedd y ditectif yn chwysu, ac roedd ei fwstásh trwchus yn llithro'n araf oddi ar ei wyneb. Mae'n amlwg fod y chwys

yn ormod iddo, ac roedd y
mwstásh yn fflapian oddi ar
ei wefus uchaf.

'Mae'ch mwstásh chi'n
syrthio i ffwrdd!' ebychodd
y ferch mewn syndod.

'Peidiwch â bod yn
wirion, miss! Dim ond bore
'ma y tyfais i o!' Trodd y dyn
ei gefn, a chodi ei ddwylo at
ei wefus uchaf. Pan drodd i
wynebu Swyn eto, roedd o
wedi rhoi'r mwstásh ben i
waered.

'Mae o a'i ben i lawr!' gwaeddodd y ferch.

Wrth i'r dyn ffidlan gyda'i flewiach, cipiodd Swyn y
papur o'i law. Edrychodd arno'n sydyn. Nid datganiad i'r
heddlu oedd o mewn gwirionedd, ond gweithredoedd
Plas y Sarnau – yr union bapurau roedd ei hanti afiach
angen iddi eu harwyddo er mwyn iddi gael y tŷ.

'Chi sy 'na, yntê?' llefodd y ferch mewn braw.

'Ia, ia, iawn, fi sy 'ma,' meddai'r ddynes aflan, gan daflu'r sbectol oddi ar ei hwyneb. 'Dy Anti Alwen annwyl.'

XXIX

Ofnadwig

'Anti Alwen ydi o!' gwaeddodd Glo, wrth iddo lanio yn lle tân y gegin, a chwmwl o huddygl ar ei ôl.

'Ia,' atebodd Swyn heb feddwl. 'Dwi'n gwybod! Mae ei fwstásh o newydd syrthio i ffwrdd!'

Craffodd llygaid duon Anti Alwen o gwmpas yr ystafell. 'Gyda phwy wyt ti'n siarad, hmm?' gorchmynnodd. 'Dwed wrtha i! Pwy?'

Edrychodd Swyn ar ei modryb. Roedd hi'n syllu heibio Glo, heb ei weld o gwbl.

'Neb!' atebodd y ferch. Roedd hi'n benderfynol na châi Anti Alwen ddod i wybod am Glo.

'Be ti'n feddwl, neb?' Roedd Anti Alwen yn amheus. 'Mi wnest ti edrych draw fan'cw a siarad efo rhywun!'

Gwthiodd hi'r ferch i'r gadair, martsio draw at y lle tân ac edrych i fyny'r simnai. Camodd Glo o'r neilltu heb ddweud gair.

'Helô?' galwodd Alwen i fyny'r simnai.

Atseiniodd y gair drwy'r simnai wag. *Helô Helô Helô* ... Wrth glywed y sŵn, fedr Alwen ddim peidio â galw 'Eco.'

Atseiniodd y gair hwnnw hefyd.

Eco eco ecooo ...

'Does 'na neb yna!' meddai'r ferch.

'Efo pwy oeddet ti'n siarad, 'ta?' gorchmynnodd Anti Alwen.

Roedd yn rhaid i Swyn feddwl yn sydyn. 'Efo fy ffrind dychmygol!'

Martsiodd y ddynes yn ôl ati. *'Fy ffrind dychmygol!'* ailadroddodd, gan ddynwared ei nith. 'Dwi ddim wedi cael ffrind dychmygol ers o leiaf pum mlynedd! Be ydi ei enw fo?'

Dywedodd Swyn y peth cyntaf a ddaeth i'w meddwl: 'King Kong'.

Roedd o'n enw ar ffilm roedd hi wedi gweld yn y sinema gyda Dadi. Doedd ganddi ddim syniad pam iddi ddewis yr enw yna nawr, chwaith.

'A beth ma'r King Kong 'ma yn ei wneud?' gofynnodd Alwen.

'Mae o'n fwnci anferth.' Gwyddai Swyn fod hyn yn swnio'n wirion, ond roedd hi'n rhy hwyr i boeni am hynny rŵan.

Mae ffrindiau dychmygol i'w cael ym mhob lliw a llun.

Mae ambell un yn rhyfedd iawn:

TYWYSOGES O'R CYFNOD TUDURAIDD

CREADUR O'R BLANED MAWRTH

CORRACH

COBLYN

TEDI SY'N GALLU SIARAD

BWYSTFIL SY'N BYW DAN EICH GWELY

DRAIG
GYFEILLGAR

MARCHOG
CANOLOESOL

BACHGEN
O OES Y
CERRIG

CANGARŴ

HEN DDOLI

KING KONG

Chwarddodd Anti Alwen pan glywodd fod ei nith wedi dewis King Kong i fod yn ffrind dychmygol iddi. 'Rwyt ti'n siarad efo mwnci anferth? Dylet ti wybod yn well erbyn hyn. Faint ydi dy oed di?'

'Bydda i'n dair ar ddeg ar noswyl Nadolig.'

'O ia. Wrth gwrs. Mewn deuddydd,' meddai Anti Alwen. 'Ai dyma'r ffrind dychmygol roeddet ti'n siarad efo fo yn y garej neithiwr?'

'M-m-mi glywsoch chi fi yn y garej?' Teimlai Swyn yn swp sâl fod Anti Alwen wedi bod yn gwrando arni.

'O do!' Gwenodd y ddynes yn greulon. 'Bob. Un. Gair.'

Tynnodd Alwen ei phib o'i phoced a'i thanio. Yn araf, sugnodd y mwg melys afiach. Roedd hi'n mwynhau hyn. Ac yna, wrth i sŵn adenydd ddod i lawr y coridor, trodd Alwen ei llygaid oddi ar ei nith. Trodd Swyn at Glo, ac amneidiodd arno i guddio. Nodiodd yr ysbryd, a llamodd i fyny'r simnai dim ond eiliadau yn unig cyn i'r aderyn enfawr gwibio drwy ddrws y gegin.

'A! Bore da, cariad,' meddai Anti Alwen wrth i'r dylluan neidio ar ei braich. Plannodd gusan hir ar big Wagner. Nodiodd yr aderyn yn ddiolchgar. Gan droi yn ôl at Swyn, dywedodd Alwen, 'Ro'n i yn yr ardd neithiwr yn gweithio ar fy ngherflun o dylluan eira.'

'Tylluan eira?' gofynnodd Swyn.

'Ia,' atebodd y ddynes. 'Paid â dweud wrtha i fod ti ddim yn gwybod be ydi tylluan eira! Mae o fel dyn eira, ond fymryn yn fwy ... wel ...'

'Tylluanaidd?' mentrodd y ferch.

'Yn union!'

Roedd Swyn wedi gweld y ffigwr mawr rhewllyd ar y lawnt, ond doedd ganddi ddim syniad mai tylluan oedd o. Yn amlwg, roedd gan ei modryb obsesiwn â thylluanod.

'Ac mi welais i olau yn y garej. Ro'n i'n meddwl bod hynny'n od. A phan es i draw, medrwn i glywed dy lais di. Rhywsut, roeddet ti wedi dianc o'r seler. Wyt ti'n mynd i ddweud wrtha i sut wnest ti hynna?'

Roedd yn rhaid i'r ferch fod yn ofalus. Doedd hi ddim am i'w modryb wybod ei bod hi wedi defnyddio'r cafn glo. Efallai y byddai'n blocio'r twll wedyn.

'Mi wnes i, ym, ddod o hyd i oriad y drws ar lawr y seler!'

Craffodd Alwen ar ei nith. 'Wnest ti wir?'

'D-d-do. Felly mi es i i fyny'r grisiau er mwyn gweld beth oedd wedi digwydd i'r car. Ro'n i'n meddwl eich bod chi'n cysgu, a do'n i ddim am eich deffro chi.'

'Mmm ...' meddai'r ddynes. 'Choelia i fawr! Mi glywais i ti'n sôn am wenwyn yn y te. Ro'n i angen gwybod yn union faint roeddet ti'n ei wybod. Ro'n i'n pwyso ar y drysau er mwyn clywed yn well, ond mae'n rhaid 'mod i wedi pwyso gormod achos fe agorodd y drysau!'

'Dwi'n cofio!' ebychodd y ferch. Roedd pethau'n dechrau gwneud synnwyr nawr, a Swyn yn dechrau deall pam roedd ei modryb wedi gwisgo fel ditectif.

'Bu bron iawn i ti 'ngweld i. Ond pan wnest ti gau'r drysau eto, mi es i 'nôl i wrando. Ac mi ddywedaist ti dy fod ti am alw'r heddlu! Nith fach ddrwg! Doedd Anti ddim yn licio hynny. O na, doedd Anti-wanti ddim yn licio hynny o gwbl.' Gwenodd y ddynes yn aflan. 'A dyna pryd wnes i'r cynllun clyfar.'

'Felly doedd y ffôn ddim yn gweithio?' gofynnodd Swyn. 'Mi wnes i amau fod rhywbeth ddim yn iawn!'

'Yn union! Mi godais y ffôn yn fy ystafell, a smalio bod yn heddwas. Mi ddois i o hyd i'r siwt 'ma yng nghefn cwpwrdd dillad dy dad. Fydd o ddim o'i hangen hi eto! **Ha ha!'**

'Rydach chi'n ofnadwy!'

'Dwi'n gwybod! Ac mi ddewisais yr enw Strauss* am mai fo ydi fy ail hoff gyfansoddwyr Almaenig. Plu tylluan oedd y mwstásh, wedi'u lliwio ag inc ac wedi'u gludo ar fy ngwefus ucha. A llygoden fawr oedd y wig, cinio Wagner i

*Johann Strauss yw cyfansoddwr enwog y 'Blue Danube'. Peidiwch â'i ddrysu â Johanna Strauss, sydd heb gyfansoddi 'run nodyn, er ei bod hi'n un dda am wneud cacenni cri.

fod, ond mi blyciais i'r croen oddi arni a'i sticio ar fy mhen.'

Tynnodd Alwen y ffwr o'i phen, gan ddatgelu ei gwallt

cringoch ei hun oddi tano. Credai Swyn fod yr holl beth

yn afiach, yn enwedig pan welodd fod cynffon y llygoden

fawr yn dal ar y 'wig'. 'Y cyfan roedd rhaid i mi wneud

wedyn oedd tynnu'r cerbyd oddi ar ochr fy meic modur,

ac roedd yn hawdd dy dwyllo! Ew, dwi'n glyfar, dydw?'

Edrychai Anti Alwen mor falch ohoni ei hun.

'Na!' meddai Swyn.

Diflannodd gwên y ddynes. 'Be ti'n feddwl, na?'

'Dydach chi ddim mor glyfar â hynny, Anti. Chi wnaeth ddweud am y planhigyn gwenwynig yn y te ...'

'Roedd o'n gynllun perffaith! Gwenwyno pawb ac yna rhoi'r bai i gyd ar y ddamwain car,' meddai Anti Alwen yn ysgafn, cyn i'w llais ddifrifoli. 'Ond mi wnest ti sbwylio bob dim drwy beidio marw.'

'Ro'n i'n gwybod bod 'na flas rhyfedd ar y te!' meddai'r ferch. 'Aeth fy nhe i ganol pot y planhigyn.'

'Dyna pam mae'r begonia wedi marw!' meddai Alwen. 'Beth bynnag, ar ôl darllen ewyllys dy dad, mi wnes i sylweddoli fod d'angen di'n fyw er mwyn i ti arwyddo'r papurau i drosglwyddo'r gweithredoedd i fi. Fedra i ddim credu bod fy mrawd twp wedi sgwennu y dylai Plas y Sarnau gael ei werthu, a'r arian ei roi i'r tlodion os oeddet ti'n marw. Pa ots am bobol dlawd, ddrewllyd?'

Syllodd y ferch ar y ddynes. 'Ond mae'n rhaid i chi gofio, Anti, na fedrwch chi byth ennill.'

'Na fedraf?' holodd y ddynes gyda gwên.

'Na fedrwch! Achos wna i byth arwyddo'r papur yna i roi Plas y Sarnau i chi. Byth bythoedd!' meddai Swyn. 'Gewch chi wneud fel liciwch chi i mi, ond fydd Plas y Sarnau byth yn perthyn i chi!'

Cilwenodd Alwen. Roedd hi'n edrych fel petai'r cyfan yn jôc. 'Iawn 'ta, 'ngeneth i. Os felly, gwell i mi gyflwyno ... Clwyd y Gwdihŵ.'

XXX

Clwyd y Gwdihŵ

Teclyn oedd wedi'i gynllunio'n arbennig gan Anti Alwen oedd Clwyd y Gwdihŵ. Roedd hi wedi'i adeiladu cyn mynd â Wagner i Ffair Flynyddol y Tylluanod, fersiwn Gwdihw-aidd o'r Sioe Fawr yn Llanelwedd.

Roedd nifer o gystadlaethau:

* Plu meddalaf
* Pig mwyaf sgleiniog
* Gwddf mwyaf hyblyg
* Tylluan dalaf
* Adenydd mwyaf
* Twit-tw-hw uchaf
* Wy mwyaf
* Aeliau mwyaf trwchus
* Crafangau miniocaf

* Sgiliau gwylio gorau
* Y nifer mwyaf o lygod mawr i gael eu llyncu mewn munud
* Y pŵ tylluan mwyaf persawrus

Wrth gwrs, roedd Alwen eisiau ennill pob cystadleuaeth. Roedd hynny'n cynnwys cystadleuaeth y dylluan dalaf. Yn union fel mewn tidliwincs, doedd dim ots ganddi os oedd rhaid iddi dwyllo. Mewn erthygl yng nghylchgrawn *Yr Herald Gwdihŵ*, roedd hi wedi darllen am ddyn o Sweden, Odmwnt Odmwnd, a'i dylluan Norwyaidd o'r enw Magnus. Roedd o'n bwydo llwyth o bysgod picl iddi bob dydd, ac roedd yr aderyn bellach wedi tyfu'n fwy na phedair troedfedd.

Hyd yn oed wrth sefyll ar flaenau ei grafangau, dim ond 3 troedfedd 11 modfedd oedd Wagner, felly doedd ganddo ddim gobaith ennill y gystadleuaeth yma.

Ond roedd gan Alwen gynllun. Dyfeisiodd Glwyd y Gwdihŵ, ac aeth ati i'w hadeiladu. Roedd o'n declyn syml iawn.

Ei bwrpas oedd gwneud tylluanod yn dalach, mewn 3 cham hawdd:

1) Clymu'r dylluan i Glwyd y Gwdihŵ gerfydd ei thraed a'i hadenydd.

2) Troi'r ddolen.

3) Troi'r ddolen eto.

Crawciodd y dylluan am ddyddiau wedi'r driniaeth gyntaf ar y teclyn. Roedd cael ei hymestyn fel yna'n brifo'n ofnadwy. Doedd dim gymaint o ots gan Wagner am gipio'r teitl y Dylluan Dalaf, ond doedd ganddo fawr o ddewis.

Digwydd bod, roedd Magnus, tylluan anferth Odmwnt Odmwnd, mor ofnadwy o dew ar ôl bwyta gymaint o bysgod picl, bu'n rhaid rholio'r aderyn trwy ddrysau neuadd y sioe. Roedd rheolau'r ffair yn bendant – roedd yn rhaid i dylluanod hedfan i mewn i'r neuadd arddangos, felly cafodd Magnus ei ddiarddel. Ceisiodd Odmwnt Odmwnd gwyno, a dangos y gallai ei dylluan hedfan

drwy ei saethu o ganon. Ond glaniodd Magnus ar fwrdd y beirniaid, gan wasgu tri ohonynt yn gelain yn y fan a'r lle. Cafodd Odmwnt Odmwnd ei wahardd rhag cystadlu yn y pasiant am weddill ei oes.*

Cipiodd Wagner y wobr am y dylluan dalaf, ynghyd â llawer o wobrau eraill hefyd.†

---

*Dechreuodd Odmwnt Odmwnd gadw pengwiniaid, a hyd heddiw, fo sy'n dal y record am fod â'r pengwin tewaf yn y byd, Agneta, oedd yn pwyso 6 thunnell, tua'r un faint ag eliffant.

†Gelwir y gwobrau yn Gwdihoscars.

Roedd Alwen yn mynd i ddefnyddio Clwyd y Gwdihŵ i arteithio ei nith. Efallai y byddai'r boen o fod yn y glwyd yn ddigon i wneud iddi arwyddo'r papurau fyddai'n trosglwyddo Plas y Sarnau i'w modryb. Cadwyd y teclyn yn un o ystafelloedd bach yr atig, heb unrhyw ddodrefn ynddi heblaw hen gwpwrdd dillad. Doedd Swyn ddim yn gwybod bod ffasiwn ystafell yn bodoli – prin iawn roedd hi'n mynd i'r atig o gwbl.

Yn yr ystafell fach, clymodd Alwen ei nith i'r glwyd. Pa faint bynnag oedd Swyn yn ceisio cicio neu chwifio'i breichiau, doedd dim posib symud modfedd. Safai Wagner ar sil y ffenest, fymryn yn anniddig o weld y glwyd unwaith eto. Y tu ôl iddo, gallai Swyn weld yr eira'n syrthio'n drwch ar y lawnt.

Gwenodd Alwen gyda phleser creulon wrth iddi droi'r ddolen ar y teclyn, yn ymestyn breichiau a choesau ei nith yn dynn.

'AAAAAAAAAAA AAAAAAA!!!' sgrechiodd y ferch.

'Arwydda'r papur!' gorchmynnodd Alwen.

'Byth!' gwaeddodd Swyn drwy'r boen.

'Arwydda fo!' Trodd ei modryb y ddolen eto.

'AAAAAAAAAAA AAAAAAA!!!'

Gorchuddiodd Wagner ei lygaid gyda'i adenydd. Efallai mai gweld y ferch fach yn dioddef oedd yn ei boeni, neu efallai ei fod yn dod ag atgofion o'r adeg y bu yntau'n cael ei ymestyn ar y glwyd.

'Iawn, yr hogan wirion, bydd raid i mi d'adael di yma heb ddŵr na bwyd 'ta. A bob tro fydda i'n dod yn ôl, mi fydda i'n troi'r ddolen eto. Yn dynnach ac yn dynnach, nes i dy goesau a dy freichiau gael eu rhwygo o weddill dy gorff.'

Roedd hi'n ddelwedd ddychrynllyd. Roedd Swyn yn hoff iawn o'i breichiau a'i choesau, ond roedd hi'n benderfynol o beidio dangos ei hofn i'w modryb.

'Byddi di'n ildio yn y diwedd, 'ngeneth i!' meddai Anti Alwen.

'Na! Na! Wna i ddim! Byth!' gwaeddodd Swyn.

'O gwnei, mi wnei di,' atebodd ei modryb. 'Heno, neu fory, drannoeth neu drennydd, mi wnei di ildio. Cyn bo hir, byddi di'n erfyn arnaf i adael i ti arwyddo'r papurau yna! A fi fydd piau Plas y Sarnau wedyn! Fiiiiii!'

'Rydach chi'n fwystfil!' gwaeddodd y ferch.

Roedd Alwen wrth ei bodd. 'O, diolch! Bwystfil? Dwi ddim yn meddwl bod unrhyw un 'rioed 'di 'ngalw i'n fwystfil o'r blaen. Diolch i ti! Reit, cyn i mi fynd, dwi am droi'r ddolen yma unwaith eto.'

Y tro hwn, trodd Alwen y ddolen gyda'i holl nerth. Bu bron i esgyrn Swyn druan ddatgysylltu.

'AAAAAAAAAAAAAAAAAAAAAAA AAAAAAAAAAAAAA!!!!!!!!'' sgrechiodd. Doedd hi ddim wedi teimlo poen fel hyn erioed o'r blaen. Roedd o fel mellten boeth o artaith drwyddi i gyd.

'Ta-ta rŵan!' chwarddodd Alwen. 'Wagner!'

Hedfanodd y dylluan at fraich ei feistres, a gadawodd y ddau. Clywodd Swyn y drws yn cael ei gloi, a sŵn traed yn mynd i lawr y grisiau.

'Glo!' meddai'n dawel.

Ymddangosodd y bachgen o'r lle tân. Roedd o'n torri'i galon. 'Mae'n wir ddrwg gen i, hogan. Ro'n i eisiau helpu, ond roedd rhaid i mi gadw draw.'

'Mi wnest ti'r peth iawn, Glo. Rŵan, plis helpa fi i ddianc.'

Rhuthrodd Glo at Glwyd y Gwdihŵ a throi'r ddolen.

'AAAAAAA!' sgrechiodd Swyn. 'Y ffordd arall!'

'Sorri!' meddai Glo. Trodd y ddolen i'r cyfeiriad arall cyn agor y strapiau o gwmpas coesau a breichiau Swyn i'w gollwng yn rhydd. Safodd yn sigledig.

'Rhaid i mi ddweud, rwyt ti'n edrych yn dalach, hogan,' sylwodd yr ysbryd.

'O wel! Mae hynna'n iawn, 'ta!' meddai'r ferch yn goeglyd.

'Felly be ydi'r cynllun rŵan, hogan?'

Pendronodd Swyn am ychydig, cyn gwenu'n llydan. 'Rydan ni am wneud yn siŵr ein bod ni'n ennill y frwydr yn erbyn y ddynes ofnadwy yma – dyna'r cynllun!'

XXXI

Morgrug

Ym meddwl Swyn, roedd y peth yn ddigon syml. Roedd rhaid iddi frwydro er mwyn cael y ddynes aflan yma allan o'i chartref. Am byth. Byddai Alwen yn gwneud unrhyw beth i gael ei dwylo budron ar Blas y Sarnau, hyd yn oed arteithio merch fach.

Gyda'i gilydd yn yr atig, meddyliodd Glo a Swyn am driciau i'w chwarae ar Alwen. Roedd angen rhywbeth i'w dychryn, ei dychryn ddigon i wneud yn siŵr na ddôi byth yn ôl i Blas y Sarnau eto.

Yn y dechrau, roedd Swyn yn ei chael yn anodd meddwl am unrhyw beth. Doedd hi ddim wedi arfer efo'r math yma o beth – doedd y merched crand o'i hysgol fonedd byth yn chwarae triciau ar ei gilydd.

'Mi fedrwn ni guddio un o bob pâr o'i sanau! Wedyn,

fydd ganddi ddim un pâr sy'n matsio!' meddai.

Edrychodd Glo arni'n amheus. Doedd o erioed wedi perchen ar bâr o sanau, felly doedd y syniad o wisgo dwy hosan wahanol ddim yn swnio'n ofnadwy iddo fo.

'Paid â bod yn wirion, hogan!'

Roedd Swyn yn ddig. 'Wel, pa syniadau sydd gen ti, 'ta?'

Pendronodd Glo. Roedd y wyrcws wedi bod yn lle anodd i dyfu fyny ynddo, ac roedd y bechgyn yna wedi chwarae triciau ar ei gilydd o hyd. 'Rhaid i ni roi morgrug yn ei nicers!'

'Morgrug yn ei nicers?' meddai'r ferch.

'Ia. A dim ond y dechrau fydd hynny.'

Roedd Swyn wedi synnu at syniad mor ddieflig, ond ymhen dim, dechreuodd feddwl am bethau gwaeth byth.

'Rhoi marblis ar lawr ei lloffft!'

Cafodd Glo syniad arall. 'Gwneud i'w phib ffrwydro!'

Ymhen ychydig funudau, roedd rhestr faith gan y ddau:

– Rhoi nyth o forgrug yn ei drôr dillad isaf.

– Rhoi marblis dros lawr ei llofft. Roedd bocs ohonynt yn yr ystafell chwarae.

– Gwagio'r baco o'i phib a rhoi deinameit ynddi. Gellid cael y powdr o un o'r cetris yn nrôr desg Dad yn y swyddfa.

– Cymysgu hylif sebon gyda phast dannedd.

– Torri twll yn ei sebon, a rhoi polish sgidiau du ynddo.

– Rhoi gwydr clir o ffenest y car crand yn y toilet, fel bod y pi pi yn tasgu'n ôl arni pan fyddai'n gwneud ei busnes.

Roedd y ddau'n mwynhau ychwanegu at y rhestr. Ond roedd rhaid iddyn nhw ddechrau gweithredu, a chyn gynted ag y daeth sŵn chwyrnu uchel Anti Alwen o'i llofft i lawr y grisiau, roedd hi'n amser mynd amdani.

Y lle tân bach oedd yr unig ffordd allan i'r ddau. Roedd o'n gul iawn, ond unwaith roedd y ddau yn y simnai, byddai'n hawdd defnyddio llwybrau cudd y twneli a'r simneiau i symud o gwmpas y tŷ.

Drwy'r nos, dringodd y ddau yn ôl ac ymlaen, i fyny ac
i lawr y simneiau a'r twneli, yn hel yr holl bethau roedd eu
hangen er mwyn chwarae'r triciau ar Anti Alwen.

Fel roedd y ddau'n gosod y marblis ar lawr llofft Alwen,
gyda'r fodryb a'i thylluan yn cysgu'n drwm yn y gwely,
sylwodd Swyn ar rywbeth. Roedd y golau'n dechrau

dangos drwy'r llenni – y wawr yn torri. Diflannodd Swyn a Glo i fyny'r simnai ac yn ôl i'r ystafell fach yn yr atig. Yna, clymodd Glo goesau a breichiau Swyn yn ôl ar Glwyd y Gwdihŵ er mwyn twyllo Anti Alwen i feddwl bod y ferch fach wedi bod yno drwy'r nos.

I lawr y grisiau, daeth sŵn y cloc mawr yn taro chwech. Amser codi Anti Alwen.

BONG BONG BONG BONG BONG BONG.

Roedd yr hwyl ar fin cychwyn!

XXXII

'Fy Mhen-ôl! Fy Mhen-ôl!'

Cododd Alwen ar ei heistedd yn y gwely. Rhoddodd bwniad bach i Wagner, oedd yn dal i gysgu. Roedd hi'n bryd troi'r ddolen unwaith eto ar Glwyd y Gwdihŵ, a dychwelyd at y busnes pwysig o arteithio'i nith.

Symudodd Alwen ei thraed dros ochr y gwely. Ond yn lle cyffwrdd â'r carped fel arfer, rhoddodd Alwen ei thraed ar fôr o farblis. Rholiodd y peli bach caled dan ei phwysau, a gyda

WWWWWWSH!

hedfanodd Alwen drwy'r ystafell, a glanio ar ei phen-ôl gyda

CRASH!

'AW!' gwaeddodd. Cododd lond dwrn o'r marblis, a syllodd arnynt. 'Pam yn y byd fod y rhain yn fa'ma?'

Dro ar ôl tro, ceisiodd Alwen sefyll, a dro ar ôl tro, syrthiodd. Roedd y marblis yn gwneud iddi faglu i bob cyfeiriad. Felly, ar ei phedwar, symudodd yn araf i'r ystafell ymolchi, a thynnu ei hun i fyny ar y tŷ bach. Dyna welliant! Ond doedd Alwen ddim yn hapus am hir, gan fod y pi pi yn tasgu'n ôl arni! Roedd ei phen-ôl yn socian, a gyda'i throwsus pyjamas o gwmpas ei fferau, llamodd ar ei thraed.

'Naaaaa!!!'

Ar ôl cymryd anadl ddofn, syllodd Alwen i mewn i'r tŷ bach, ond methodd â gweld bod unrhyw beth yn wahanol i'r arfer. Roedd y gwydr wedi'i osod yn berffaith dros y dŵr, a doedd dim posib ei weld o gwbl. Felly eisteddodd Alwen, a thrio eto.

'**Naaaaaaaaaa!!!!**' sgrechiodd, wrth i'w phi pi dasgu unwaith eto a'i gwlychu.

Er ei bod hi'n dal i fod eisiau pi pi, symudodd y ddynes draw at y sinc i ymolchi. Llenwodd y fowlen â dŵr a nôl ei sebon. Caeodd ei llygaid a rhwbio'r sebon dros ei hwyneb yn drwyadl. Ond pan agorodd ei llygaid ac edrych yn y drych, syllai dieithryn yn ôl arni. Ei hwyneb ei hun oedd o, wrth gwrs, ond wedi'i baentio'n gwbl ddu.

'NNNNNNNNNNNNNAAAA AAAAAAAAAAA!!!!' sgrechiodd mewn braw.

Ceisiodd ei olchi o'i hwyneb, ond roedd hyn yn gwneud y cyfan yn waeth. Bellach, roedd ei dwylo a'i gwddf yn gwbl ddu hefyd. Rhoddodd Alwen gornel o'r sebon yn ei cheg i'w flasu.

'Ych a fi! Polish sgidiau!'

Archwiliodd ei thafod du yn y drych. Ymestynnodd am ei brws dannedd a'i phast. Gwasgodd belen dew o'r past ar y brws. Wrth gwrs, gwyddai bellach fod rhywbeth o'i le, ac aroglodd y past yn amheus. Roedd o'n arogli fel past dannedd arferol, felly rhoddodd y brws yn ei cheg a dechrau brwsio'i dannedd yn frwd.

Dechreuodd yr hylif sebon roedd Swyn a Glo wedi'i gymysgu yn y past greu swigod mawr yn ei cheg. Swigod enfawr, a dweud y gwir, a'r mwyaf brwd roedd Alwen yn brwsio, y mwyaf o swigod oedd yn dod o'i cheg. Cyn bo hir, roedd yr ystafell ymolchi yn llawn ohonyn nhw.

'Mae 'na rywbeth mawr o'i le!' gwaeddodd.

I fyny yn yr atig, roedd Swyn a Glo yn gwrando ar bob ebychiad, a'r ddau'n chwerthin lond eu boliau.

Yn ôl yn ei llofft, taflodd Alwen flanced dros y marblis er mwyn gallu cyrraedd ei chwpwrdd dillad. Roedd hi'n benderfynol o newid ei dillad a mynd ati i sortio'r holl fusnes rhyfedd yma. Rhoddodd bar o'i nicers anferth amdani, oedd mor fawr â phafiliwn eisteddfod. Yn syth bìn, sylwodd ar deimlad rhyfedd ar ei phen-ôl. Aeth y teimlad yn waeth ac yn waeth nes ei fod yn teimlo fel petai rhan isaf ei chorff ar dân.

'Fy mhen-ôl! FY MHEN-ÔL!' sgrechiodd, gan neidio i fyny ac i lawr a symud fel peth gwyllt o gwmpas yr ystafell wely. Edrychai fel petai'n gwneud dawns ryfedd. Roedd Wagner yn effro bellach, ac eisteddai yn y gwely yn gwylio'i feistres mewn syndod. Roedd o wedi gweld Alwen yn gwneud pethau od iawn o'r blaen, ond roedd hyn yn hollol anghredadwy.

Roedd y morgrug yn ei nicers yn brysur iawn.

Llamodd a dawnsiodd y ddynes at y gadair freichiau, ac ymestynnodd am ei phib. Roedd hi wastad yn smocio pan oedd pethau'n anodd. Rhoddodd y bib yn ei cheg cyn cynnau matsien, a symudodd y fflam at y baco. Ond nid baco oedd yno, ond deinameit.

'Fy Mhen-ôl! Fy Mhen-ôl!'

XXXIII

Hela

Nid dynes anhapus oedd Anti Alwen bellach, o na. Roedd Anti Alwen yn GANDRYLL. Gyda pholish sgidiau dros ei hwyneb, swigod lond ei cheg, ei gwallt coch wedi'i losgi ar ôl y ffrwydrad, a morgrug yn dawnsio yn ei nicers, rhuthrodd i fyny'r grisiau i'r atig.

Roedd hi'n sicr mai Swyn oedd wedi gwneud hyn.

Lluchiodd ddrws yr ystafell fach ar agor er mwyn dwrdio'r ferch. Ond er mawr syndod iddi, roedd Swyn yn yr union fan ag yr oedd Alwen wedi'i gadael hi neithiwr, wedi'i chlymu i Glwyd y Gwdihŵ.

Wrth weld yr olwg syn ar wyneb ei modryb, yn hanner noeth ac yn hercian, fedr Swyn ddim peidio â chwerthin.

'O, mae hyn yn ddoniol, ydi o?' meddai Alwen, heb ddisgwyl ateb.

'Mae o'n *ofnadwy* o ddoniol,' cytunodd Swyn. Chwarddodd lond ei bol. '**HA HA HA!**'

'Wel, efallai bod *hyn* yn ofnadwy o ddoniol!' meddai'r ddynes, a throi'r ddolen ar y glwyd eto ac eto.

'AAAAAAAAAAAAAAAAAAAAAAAA AAAAAAAAAAAAA!' sgrechiodd y ferch.

'Dwyt ti ddim yn chwerthin rŵan!'

'Nac ydw!' llefodd y ferch wrth wingo mewn poen. 'Ond mae o dal yn ddoniol!'

Trodd Alwen y ddolen eto, gan ymestyn breichiau a choesau Swyn.

Doedd y triciau ddim wedi gweithio. Doedd Alwen ddim wedi ffoi o Blas y Sarnau yn llawn ofn. Yn lle hynny, roedd hi'n wyllt gacwn. 'Dwi'n gwybod mai ti wnaeth chwarae'r triciau yna, ond sut wnest ti o? Rwyt ti wedi dy glymu i'r glwyd, ac mae'r drws ar glo. Doedd dim posib dianc!'

'Dwn i ddim am be rydach chi'n sôn!' meddai'r ferch.

'Rwyt ti'n gwybod yn iawn am be dwi'n sôn!' poerodd Anti Alwen. Pwysodd dros wyneb Swyn, ac edrych i fyw ei llygaid. 'Dwi'n gwybod dy fod ti'n dweud celwydd.'

Cerddodd y ddynes o gwmpas yr atig, yn edrych am gliwiau. Syllodd drwy'r ffenest fach yn gyntaf, i weld a oedd rhywun yn cuddio ar y to. Yna, troediodd at y cwpwrdd dillad mawr yng nghornel yr ystafell. Agorodd y drws, a chael ei siomi ei fod yn wag. Edrychodd Alwen yn ôl ar ei nith. Heb feddwl, edrychodd Swyn draw at y lle tân. Na! Roedd hi wedi datgelu ei chyfrinach eto! Dyna'n union lle roedd Glo yn sefyll, yn syllu ar y ddwy.

'Felly,' meddai'r ddynes, 'ro'n i yn llygad fy lle. Mae 'na gliw yn y simnai.'

'Dwi ddim yn gwybod am be dach chi'n sôn,' meddai'r ferch.

'Rwyt ti'n un gwael am ddweud celwydd, 'ngeneth i.'

'Dydw i ddim!' meddai Swyn, cyn ystyried a oedd o'n beth da neu'n beth drwg bod yn dda am ddweud celwydd.

'Mi wnest ti gymryd cip draw at y lle tân yn y gegin ddoe hefyd!' meddai Alwen. 'Mae 'na gliw yn y simnai, on'd oes?'

Symudodd draw at y lle tân. Camodd Glo o'i ffordd hi, ac yntau'n anweledig iddi. Aeth Alwen ar ei phedwar er mwyn edrych i fyny'r simnai, ac wrth edrych arni, daeth syniad gwych i feddwl yr ysbryd.

Brysiodd Glo at y cwpwrdd dillad. Gyda'i holl nerth, gwthiodd y dodrefnyn mawr tuag at Anti Alwen. Wrth glywed y sŵn, cododd y ddynes ei phen. Ond roedd hi'n rhy hwyr. Syrthiodd y cwpwrdd dillad ar Anti Alwen, gan ei charcharu hi y tu mewn iddo.

'Allan! Dwi'n mynnu dod allan!' gwaeddodd Anti Alwen yn gandryll.

'Da iawn, Glo!' meddai'r ferch.

'Diolch, hogan!'

'Rŵan, tyrd i roi help llaw i mi!'

Gyda'r cwpwrdd dillad yn symud yn wyllt ar y llawr, aeth Glo ati i gael coesau a breichiau Swyn yn rhydd o'r glwyd.

'Wagner! WAGNER!'

gwaeddodd y ddynes wrthi i'r ddau frysio i lawr y grisiau. Bu'n rhaid iddyn nhw blygu ar waelod y grisiau wrth i'r dylluan wibio dros eu pennau ar ei ffordd i'r atig.

Ar y landin, bu bron i Swyn daro Nico. Roedd y gwas yn ysgwyd dwylo gyda phlanhigyn ac yn dweud, 'Cofiwch alw eto, Syr.'

'Ble nesa, hogan?' gofynnodd Glo.

'Y garej,' atebodd y ferch. 'Mae gen i syniad.'

XXXIV

Y Wers Yrru

'Ond rwyt ti'n methu gyrru!' meddai Glo. Roedd y ddau'n sefyll yn y garej yn ymyl y car crand.

'Wel, nac ydw, mae hynny'n wir,' cyfaddefodd Swyn. 'Ond dyma'n hunig gyfle. Fedra i ddim aros yma'n hirach, neu mi fydda i 'nôl ar Glwyd y Gwdihŵ 'na.'

'Wn i hynny, hogan, ond ...'

'Glo, os medra i yrru'n ddigon cyflym, mi fedra i dorri drwy'r giatiau a mynd am y pentref!'

'Mae'n rhy beryglus.' Roedd yr ysbryd yn amheus. Y peth olaf roedd o eisiau'i weld oedd Swyn yn cael damwain wrth geisio dianc.

'Dwi wedi gweld fy nhad yn gyrru hwn lawer gwaith. Fedr o ddim bod mor anodd â hynny!'

Merch benderfynol iawn oedd Swyn, ac agorodd ddrws y car a dringo i'r sedd.

'Defnyddia dy llgada, hogan, achos dydi dy draed di ddim yn cyrraedd y pedalau!' meddai'r ysbryd.

'Beth yn y byd ydi llgada?' gofynnodd y ferch.

'Llygadau, yntê! Llygaid!' atebodd Glo.

Ysgydwodd Swyn ei phen, cyn edrych i lawr ar ei thraed, oedd yn bell o'r pedalau.

'Ond pam 'mod i angen cyrraedd y pedalau?' gofynnodd yn ddiniwed.

'O mam bach!' meddai'r ysbryd. 'Dim ond hogan fasa'n gofyn!'

Doedd gan Swyn ddim amynedd o gwbl â sylwadau fel 'na. 'Bachgen glanhau simneiau wyt ti, dim arbenigwr ar geir! Mi fetia i na fuest ti mewn car erioed, heb sôn am un crand fel 'ma.'

Roedd hyn yn wir. Dim ond pobol gyfoethog iawn oedd yn berchen ar geir pan oedd Glo yn fyw, a dim ond pobol gyfoethog iawn iawn oedd yn berchen ar gar mor grand â hwn.

'Wel, naddo! Ond dwi'n gwybod sut maen nhw'n gweithio.'

'O, wyt ti wir? A sut maen nhw'n gweithio?' Roedd Swyn yn dechrau colli amynedd.

'Dwi'n hogyn,' rhesymodd Glo. 'Mae hogiau jest yn gwybod am bethau fel 'ma.'

Roedd hyn yn gwylltio Swyn. Gwyddai'n sicr fod merched yn well na bechgyn. 'Ooo, ydyn nhw wir?' gofynnodd yn goeglyd. Doedd hi ddim am adael i Glo gael y cyfle i yrru car crand dim ond am mai bachgen oedd o. 'Wel, os wyt ti'n gwybod popeth am geir, mi gei di roi fy ngwers yrru gyntaf i mi!'

Doedd yr ysbryd ddim yn siŵr fod hyn yn syniad da. 'Ond, hogan ...' dechreuodd.

'Does 'na ddim amser i drafod hyn, rŵan tyrd i mewn!'

Ufuddhaodd Glo, ac i mewn â fo i'r car crand.

'Ac mi gei di weithio'r pedalau hefyd!' gorchmynnodd y ferch, 'gan dy fod ti'n deall i be maen nhw'n dda.'

Dringodd yr ysbryd i'r gwagle dan draed Swyn.

'Reit. Faint wyt ti'n ei wybod?' gofynnodd Glo.

'Wel, dwi'n gwybod bod rhaid i mi ddal y peth mawr crwn 'ma.'

'Y llyw! Ia! Ti'n mynd i'n lladd ni'n dau.'

'Gyda phob parch, Glo, rwyt ti wedi marw'n barod.'

'Digon gwir, hogan,' ochneidiodd Glo. 'Y peth cyntaf ydi troi'r goriad yn y twll.'

Ufuddhaodd Swyn, a gyda Glo'n pwyso ar un o'r pedalau, rhuodd yr injan.

'Mae'n dal i weithio!' ebychodd Swyn. 'Ro'n i'n gwybod na fyddai'r hen gar yn fy siomi i.'

'Rŵan, weli di'r peth mawr hir 'na ar dy chwith?' gofynnodd Glo.

Rhoddodd Swyn ei llaw arno. 'Gwelaf.'

'Dyna'r ffon gêrs. Pan dwi'n dweud, symuda hi ymlaen,
ac yna i'r chwith.'

Yn cadw un llaw ar y pedal cyflymu, symudodd Glo ei
law i bwyso ar bedal arall.

'RŴAN!' gwaeddodd.

Dechreuodd y car symud.

'Glo?'

'Be?'

'Rydan ni wedi anghofio agor drysau'r garej.'

'Dal yn dynn!' gwaeddodd Glo. Gwthiodd yn galed ar

CRASH!

y pedal cyflymu, a rhuodd yr injan. Llamodd y car yn ei flaen ...

Ffrwydrodd drwy ddrysau'r garej, gan greu cawod o ddarnau pren miniog, ac allan â'r car i'r dreif rhewllyd. Chwythodd y gwynt oer drwy'r gwagle lle dylai'r ffenest

fod, gan wneud i lygaid Swyn ddyfrio. Roedd yr hen gar wedi cael ei ddifrodi'n fawr gan y ddamwain, yr olwynion blaen yn gam a'r teiars cefn yn fflat. Byddai ei symud wedi bod yn her i yrrwr profiadol, hyd yn oed. Ond ymlaen â nhw ar hyd y dreif, tuag at y giatiau ... a rhyddid. Wrth i'r injan ruo'n uwch, gwaeddodd Glo, 'Amser newid gêr!'

Cydiodd Swyn yn y ffon gêr, ac yn sydyn stopiodd y car cyn taranu am yn ôl.

'Y gêr anghywir!' gwaeddodd yr ysbryd, cyn pwyso ar y brêc. Trodd y car yn ei unfan cyn stopio'n stond.

'Gêr gyntaf eto. I fyny, ac i'r chwith.'

Ufuddhaodd y ferch.

'Rŵan, ail gêr – y ffon i lawr.'

Bellach roedd y car yn symud yn ei flaen yn eithaf cyflym. Roedd y trwch o eira dros bob man yn ei gwneud hi'n anodd gweld union lwybr y dreif. Ar ôl osgoi ambell goeden ar ganol y lawnt, bu'n rhaid i Swyn feddwl yn gyflym er mwyn peidio taro'r dylluan eira enfawr roedd Anti Alwen wedi'i hadeiladu.

'Rydan ni'n bron yna!' gwaeddodd Swyn yn llawn cyffro, wrth weld y giatiau mawrion yn y pellter.

Ac yna daeth sŵn byddarol injan beic modur. Anti Alwen oedd yno, yn rasio tuag atynt gyda Wagner yn y cerbyd bach, a'r ddau mewn helmedau a gogls.

'Anti Alwen!' bloeddiodd Swyn. 'Y tu ôl i ni!'

Pwysodd Glo yn galed ar y pedal cyflymu.

'Dal yn dynn!' galwodd yr ysbryd. 'Mae'n rhaid i ni

fynd yn gyflym iawn er mwyn torri drwy'r giatiau.'

Edrychodd Swyn dros ei hysgwydd. 'Maen nhw'n agosáu!' gwaeddodd.

'Yn syth i'r bedwaredd gêr 'ta! I lawr ac i'r dde!' bloeddiodd Glo dros sŵn yr injan.

Daeth sŵn crensian wrth i'r ferch symud y ffon gêr. A hithau yn y gêr gyflymaf, gwibiai'r car yn ei flaen wrth i'r giatiau ddod yn agos agos.

'Gwylia, Glo!' gwaeddodd Swyn, gan gau ei llygaid wrth i'r car daro'r giatiau ...

CRASH!

... a stopio'n stond.

'O mam bach!'

'Mae hi wedi canu arnon ni rŵan,' meddai Swyn yn betrus.

XXXV

Y Llyn Rhewllyd

Cododd cefn y car i'r awyr wrth stopio, a glanio gyda bang drachefn. Safai'r car yn llonydd ar y dreif rhewllyd. Roedd angen tanc i dorri drwy giatiau mawrion Plas y Sarnau.

Y tu ôl i'r car, daeth y beic modur i stop. Cododd y ddynes ei gogls, a gwenu'n llawen wrth weld y dinistr o'i blaen.

'Wyt ti'n iawn, hogan?' gofynnodd Glo, gan edrych i fyny ar y ferch.

Roedd Swyn yn dal i eistedd yn y sedd yrru. Ond roedd hi wedi taro'i phen ar y llyw, ac roedd hi'n gweld sêr. 'Wedi cael sioc, dyna i gyd.'

Ar gefn ei beic modur, edrychai Alwen yn hapus iawn. 'Dyma'r diwedd i ti, 'ngeneth i,' galwodd. 'Mae'n bryd i ti ddod i'r tŷ ac arwyddo'r papurau 'na er mwyn rhoi Plas y Sarnau i mi, dyna ferch fach dda.'

Sibrydodd Swyn, 'Fedrwn ni ddim ildio! Mae'n rhaid bod 'na ffordd allan o'r lle 'ma. Oes 'na bŵer ar ôl yn y car?'

'Does ond un ffordd o ateb y cwestiwn yna,' meddai Glo. 'Rho'r car yn y gêr iawn i fynd tuag yn ôl.'

Ufuddhaodd y ferch, a chrynodd y cerbyd wrth fynd am yn ôl. Roedd tu blaen y car wedi'i falurio'n llwyr, bron, a darnau o fetel wedi syrthio i'r llawr.

Diflannodd gwên Alwen wrth iddi weld bod ei nith yn dal i frwydro.

'Gêr gyntaf!' gwaeddodd Glo. Newidiodd Swyn y gêr, ac i ffwrdd â'r car, ac Alwen yn ei ddilyn.

FFFFFFFWWWWW
WWWWWWWWWMMMM!

Gwibiodd y car dros lawnt fawr Plas y Sarnau, a'r beic modur yn agos iawn y tu ôl iddo. Roedd y flanced drwchus o eira yn cael ei chwalu a'i thaflu i'r awyr gan olwynion y cerbydau. Ceisiodd Swyn droi'r olwynion o'r naill ochr i'r llall er mwyn tasgu'r eira yn syth i wyneb Alwen. Ond doedd hynny ddim yn ddigon i stopio'r ddynes afiach. Roedd pigau bychain ar olwynion beic modur Alwen oedd yn ei gwneud hi'n haws i yrru drwy eira.

'STOPIA HI!' gwaeddodd Anti Alwen. Cododd Wagner o'r cerbyd bach a safodd ar ysgwydd ei feistres. Lledaenodd Wagner ei adenydd anferth, a chodi i'r awyr.

Mae'r Dylluan Fynydd Fafaraidd Fawr yn gallu hedfan mor gyflym â chan milltir yr awr. Gwibiodd Wagner yn uchel i'r awyr. Wrth i'r car gyflymu, cododd Swyn ei phen er mwyn ceisio gweld i ble roedd y dylluan wedi mynd. Ac yna, teimlodd Wagner yn glanio'n drwm ar flaen y car, ei grafangau miniog yn crafu drwy'r metel. Syllodd yr aderyn ar Swyn. Doedd hi ddim yn gallu gweld heibio iddo o gwbl.

'Fedra i ddim gweld i le 'dan ni'n mynd!' gwaeddodd y ferch.

'Dal yn dynn! Mi bwysa i ar y brêc!' atebodd Glo.

Ond roedden nhw'n mynd yn rhy gyflym, ac yn lle stopio, troellodd y car mewn cylchoedd mawr llithrig.

Cododd Wagner i'r awyr unwaith eto, a gwelodd Swyn fod y car yn agosáu at y llyn, oedd wedi rhewi fel gwydr.

'NAAAA!'

sgrechiodd.

Roedd gan Glo ei ddwy law ar y brêc, yn pwyso gyda'i holl nerth.

Teimlai fel petai amser yn arafu a chyflymu ar yr un pryd wrth i'r car lithro ar yr iâ. Pan gyrhaeddodd ganol y llyn, daeth y car i stop, a diffoddodd yr injan. Ceisiodd Swyn aildanio'r car, ond roedd yr hen injan wedi darfod yn llwyr.

Stopiodd Alwen ei beic ar lan y llyn, a diffodd yr injan. Hedfanodd Wagner ati ac eisteddodd ar ei maneg ledr. Am eiliad, roedd tawelwch llethol, ac yna daeth sŵn cracio dychrynllyd.

CRAC,

Yn dawel i ddechrau, ac yna'n uwch ac yn uwch nes ei fod yn sŵn miloedd o graciau'n digwydd ar unwaith.

CRAC CRAC CRAC CRAC CRAC CRAC CRAC CRAC CRAC CRAC CRAC,

Edrychodd Swyn drwy'r ffenest. Roedd y rhew dan y car bellach yn batrwm o linellau bach. Symudodd y car ryw fymryn wrth i'r rhew oddi tano ddechrau torri'n ddarnau.

'Help!' sgrechiodd y ferch wrth i'r dŵr rhewllyd ddechrau llenwi'r car.

Dringodd Glo i fyny ati. 'Rwyt ti mewn perygl ofnadwy, hogan!' gwaeddodd. 'Rhaid i ti achub dy hun!'

Ond wrth i'r dŵr rhewllyd godi o'i thraed at ei phengliniau ac at ei bol, roedd Swyn yn rhy ofnus i symud. Er cymaint roedd hi eisiau symud, roedd meddwl am ei chorff yn sownd dan y rhew yn ddigon i'w dychryn hi'n wirion.

'Hogan!' gwaeddodd yr ysbryd. 'Dringa ar y to!'

Dringodd Swyn allan o'r ffenest ac ar y to, yn crynu'n ofnadwy. Llithrodd ei thraed noeth ar y metel gwlyb, a bu bron iddi syrthio i'r dŵr du. Gallai weld ei modryb yn chwerthin ar lan y llyn.

'Mae arna i ofn, Glo. Dydw i ddim eisiau marw,' llefodd y ferch.

'Dwi'n gweld dim bai arnat ti,' atebodd yr ysbryd.

'Be amdanat ti?'

'Paid â phoeni amdana i, hogan. Rhaid i ti achub dy hun.'

'Felly, 'ngeneth i. Fi sy'n ennill eto! Wyt ti'n barod i arwyddo'r gweithredoedd yna i Anti-wanti rŵan?' bloeddiodd y ddynes, ei llais yn diasbedain dros y llyn.

Roedd yr hen gar yn suddo'n gyflym, a dim ond ychydig fodfeddi oedd rhwng Swyn a'r dyfroedd oer. Roedd y rhew yn rhy denau i Swyn allu rhedeg drosto, a phetai'n plymio i'r llyn ac yn ceisio nofio, byddai'n siŵr o farw o fewn munudau yn y dŵr rhewllyd.

'Rhaid i ti wneud fel mae hi'n ei ddweud,' meddai Glo. Roedd o'n suddo, ac o fewn eiliadau, dim ond ei ben yn

pwyso allan drwy ffenest y car oedd yn y golwg. Wrth i'w gorff suddo i'r dŵr oer, roedd y goleuni yn ei gorff yn pylu.

'Dyna dy unig obaith di!'

Roedd y dŵr bellach yn cyrraedd pengliniau Swyn.

'Wel, Swyn?' bloeddiodd Alwen. 'Be wyt ti am ei wneud?'

'Mi wna i arwyddo'r papurau,' atebodd y ferch.

'Wel, doedd hynna ddim mor anodd-wanodd â hynny, oedd o?' meddai ei modryb. 'Wagner! Tyrd â hi yma!'

Cododd yr aderyn anferth i'r awyr unwaith eto, a gwibio dros y rhew. Pan oedd y dŵr wedi cyrraedd at fol Swyn, cydiodd crafangau miniog Wagner yn ysgwyddau Swyn a'i chodi o'r dŵr.

'Cymer ofal, hogan!' galwodd yr ysbryd. Edrychodd y ferch i lawr ar Glo a'r hen gar yn diflannu dan y dŵr rhynllyd, gan adael dim ond cap y bachgen druan yn arnofio ar yr wyneb.

'NAAAAA!' wylodd y ferch.

Gollyngodd Wagner y ferch wrth draed ei feistres. Yn rhewllyd, yn flêr, a'i chalon wedi torri, gorweddodd Swyn yn yr eira. Doedd dim pwrpas brwydro mwyach. Roedd Anti Alwen wedi ennill. Edrychodd y ddynes aflan i lawr ar ei nith yn crynu yn ei choban wlyb, ei hwyneb yn llanast o ddagrau, a chwarddodd yn greulon.

'Dwi mor falch dy fod ti wedi penderfynu gwrando ar Anti-wanti.'

XXXVI

Hawdd Pawdd

Roedd Anti Alwen wrth ei bodd, a nawr ei bod hi'n cael ei ffordd ei hun, roedd hi'n ddigon dymunol. Yn un o ystafelloedd mawr Plas y Sarnau, rhoddodd flanced fawr gynnes i'r ferch, a'i rhoi hi i eistedd ar soffa gysurus o flaen y tân.

'Dyna ti, 'ngeneth i,' meddai, wrth iddi roi cwpan o gawl cynnes i'w nith. 'Rhaid i ti gynhesu digon i arwyddo'r hen bapurau-wurai 'ma.'

Yn ei chalon, gwyddai Swyn na ddylai arwyddo'r papurau fyddai'n trosglwyddo Plas y Sarnau i ofal ei modryb afiach. Ond roedd ei chalon wedi torri. Cafodd corff ac enaid Swyn ei arteithio dros y dyddiau diwethaf. Gyda'i rhieni wedi marw a Glo ar waelod y llyn, doedd ganddi ddim byd ar ôl bellach. Efallai y byddai'r hunllef yn dod i ben petai'n arwyddo'r papurau yna.

'Gad i mi nôl beiro-weiro bach i ti,' meddai'r ddynes.

Syllodd Swyn i'r tân, a chymerodd lymaid o'i chawl.

Dychwelodd Alwen gyda'r gweithredoedd ac ysgrifbin crand wedi'i greu o un o blu Wagner, ac eisteddodd yn ymyl ei nith ar y soffa.

'Does dim rhaid i ti ddarllen y cyfan, bobol annwyl, na! Mae o mor ddiflas!' chwarddodd Alwen. 'Dim ond arwyddo dy enw ar y gwaelod-waelod yn fan'na, Swyni-wyni fach.'

Ymestynnodd Swyn am yr ysgrifbin. Roedd ei llaw yn dal i grynu gymaint fel na allai ei ddal yn iawn.

'Cariad-wariad bach, gad i anti-wanti roi help llaw i ti.' Rhoddodd ei llaw o gwmpas un Swyn a symud yr ysgrifbin at y papur. 'Mae hyn yn hawdd-pawdd, yn dydi?' Gydag un llaw, daliodd llaw grynedig y ferch, a gyda'r llall, symudodd y papur o gwmpas tan fod enw Swyn wedi'i lofnodi ar waelod y gweithredoedd.

O'r diwedd, Alwen oedd piau Plas y Sarnau.

Wylodd Alwen mewn gorfoledd. Welodd Swyn erioed mo'i modryb yn dangos cymaint o emosiwn o'r blaen. Dawnsiodd o gwmpas yr ystafell a rhuthrodd at Wagner, oedd yn eistedd ar gefn cadair, i roi sws fawr ar ei big. Dechreuodd ddawnsio a chanu cân fach wirion amdani ei hun.

'Llongyfarchiadaaaau i fi, Arglwyddes y Sarnaaaaau ...'

Daeth y gân i ben ar ôl y llinell gyntaf, gan fod Alwen yn methu meddwl am unrhyw beth oedd yn odli efo 'Sarnau'.*

'Wyt ti'n gwybod be dwi am ei wneud efo'r hen le yma, 'ngeneth i?'

'Dim syniad, Anti Alwen,' atebodd y ferch, cyn dweud yn goeglyd, 'ond dwi'n siŵr y gwnewch chi ddweud wrtha i.'

'Gwnaf!' meddai'r ddynes. 'Y peth cyntaf bore fory, dwi am losgi'r plas i'r llawr!'

---

*Mae degau o eiriau'n odli â 'Sarnau', ond roedd hi'n dwp.

XXXVII

Llosgi Llosgi Llosgi

Gyferbyn â'i modryb, yn eistedd ar y soffa, prin y gallai Swyn gredu'r hyn roedd hi newydd ei glywed. Roedd Plas y Sarnau wedi bod yn gartref i'r teulu ers canrifoedd. 'Llosgi'r lle? Fedrwch chi ddim!'

'Wrth gwrs y medra i!' atebodd Alwen. 'Fi sy bia fo, mi ga i wneud fel licia i. Mae o'n mynd i losgi, llosgi, llosgi! A phan does dim byd ar ôl, dwi am agor amgueddfa dylluanod fwya'r byd ar y safle.'

Ystyriodd Swyn am eiliad, cyn gofyn, 'Oes 'na amgueddfeydd tylluanod eraill yn y byd?'

'Nag oes! Felly dwi'n bendant mai f'un i fydd y fwyaf!'

Doedd hynny ddim yn gwneud llawer o synnwyr i Swyn, ond doedd dim modd cau ceg Alwen. Ymestynnodd am ffolder o gynlluniau a'i gyflwyno i Swyn yn falch. 'Dwi wedi bod yn gweithio ar hwn ers blynyddoedd. Tylluanfa Anti Alwen.'

Roedd y cynlluniau'n dangos adeilad mawr llwyd siâp tylluan, gyda nifer o ystafelloedd ynddo.

– **Sinema dylluanod. Roedd hon ar gyfer dangos ffilmiau am dylluanod yn unig, er bod dim ffasiwn beth yn bod eto.**

– **Caffi tylluanod, oedd yn gwerthu dim byd ond danteithion a wnaed o faw tylluan, e.e. fflapjacs baw tylluanod, pate baw tylluanod ar dost, siocledi baw tylluanod (anrheg berffaith ar gyfer hen berthynas dydach chi ddim yn ei hoffi).**

– Llyfrgell enfawr, yn cynnwys yr holl lyfrau a ysgrifennwyd am dylluanod. Roedd ynddi saith llyfr.

– Salon harddwch i dylluanod.

– Tri math o dŷ bach – dynion, merched, a thylluanod.

– Neuadd ddarlithio ble byddai Anti Alwen yn gwneud areithiau pedair awr o hyd am hanes tylluanod.

– Siop yn gwerthu gwniaduron, llyfrnodau, pensiliau, ffigyrau porslen, a pheiriannau torri gwair, a'r cyfan mewn siâp tylluan. A llawer o recordiau o dylluanod yn hwtian.

– Ystafell ddidylluan. Roedd hon yn arbennig ar gyfer ymwelwyr nad oedd ganddyn nhw ddiddordeb mewn tylluanod. Byddai tylluan yn yr ystafell.

'Bydd fy nhylluanfa yn gwneud ffortiwn!' meddai'r ddynes, gan ddechrau cyffroi wrth feddwl am y cynllun. 'Bydd miliynau o bobol sy'n caru tylluanod yn dod yma o bedwar ban byd ...'

Miliynau? meddyliodd Swyn. Roedd hi'n eithaf siŵr mai Anti Alwen oedd unig aelod Clwb Edmygwyr Tylluanod.

'Bydd yr ymwelwyr yn dod i mewn ffordd hyn,' meddai'r ddynes, gan bwyntio at y fynedfa ar y cynllun. 'Bydd 'na gerflun maint llawn ohona i yn fan'no.'

'Rydach chi'n wallgof bost, Anti Alwen.'

'Diolch, 'ngeneth i! Diolch am fod yn garedig wrth Anti-wanti!' atebodd y ddynes gyda gwên. 'Bydd posib gweld pob un math o dylluan yn y dylluanfa. Pob un – wedi'i stwffio.'

'Wedi'i stwffio?' gofynnodd Swyn. Dechreuodd Wagner anesmwytho.

'Ia! Wedi stwffio. Mae tylluanod yn llawer haws i'w trin pan maen nhw wedi cael eu stwffio. Ac ynghanol y dylluanfa, mewn cas gwydr mawr, bydd fy annwyl Wagner.'

Dechreuodd yr aderyn grawcian, a neidio i fyny ac i lawr.

'Y Dylluan Fynydd Fafaraidd Fawr fwyaf a welwyd erioed wedi'i stwffio er mwyn i bobol allu ei gwerthfawrogi am ganrifoedd i ddod.'

Sylwodd Swyn fod y dylluan fel petai'n ymateb i eiriau

Alwen, bron fel petai'n deall pob gair, felly penderfynodd Swyn holi mwy arni. 'Felly, ydach chi'n bwriadu aros nes bod Wagner yn marw o henaint?'

'O na!' atebodd y ddynes. 'Dwi ddim eisiau iddo fo fod yn hen ac yn garpiog. Na, dwi am ei saethu o'r peth cyntaf bore fory. Ei stwffio fo tra mae o'n edrych ar ei orau!'

Roedd Wagner bellach yn hedfan o gwmpas yr ystafell, yn crawcian fel peth gwyllt. Trodd Alwen ei sylw at gynlluniau'r dylluanfa, a meddyliodd Swyn efallai mai dyma oedd yr amser gorau i drio dianc. Troediodd yn araf tuag at y drws.

Cyn iddi adael yr ystafell, daeth llais Anti Alwen yn gofyn, 'Ac i ble wyt ti'n meddwl wyt ti'n mynd, 'ngeneth i?'

'Dwi, wel, ym ...' Roedd Swyn yn gwneud ei gorau i beidio swnio fel petai'n nerfus. 'Ro'n i'n mynd i bicied i fyny'r grisiau am fath sydyn, a newid fy nillad cyn gadael.'

'Dwyt ti ddim yn mynd i nunlle, 'ngeneth i.' Roedd llais Anti Alwen yn swnio'n oeraidd ac yn ddieflig.

Edrychodd Swyn i lygaid ei modryb. 'N-nac ydw?'

'O na! Ti'n gwybod gormod. Dwi wedi trefnu damwain arall, yn arbennig i Swyni-wyni fy nithi-withi.'

'D-d-damwain?'

'Ia!' crechwenodd Alwen. 'A'r tro yma, wnei di ddim dianc!'

XXXVIII

Y Llofruddiaeth Berffaith

Roedd yr anti afiach wedi cynllwynio diweddglo dieflig i'w nith. 'Fedrwch chi ddim gwneud hyn!' gwaeddodd Swyn.

'Wrth gwrs y medra i,' meddai Anti Alwen yn ysgafn. 'Y llofruddiaeth berffaith, achos bydd yr arf yn toddi ac yn diflannu.'

'Toddi?' gofynnodd Swyn mewn penbleth. 'Beth ar y ddaear ydych chi'n feddwl?'

'Tyrd! Mi ddangosa i iti.'

Cydiodd y ddynes yn llaw'r ferch, a'i harwain o'r ystafell i'r lawnt hir y tu allan. Ar y pen pellaf, yn taflu cysgod mawr du, roedd cerflun rhewllyd Anti Alwen. **'Fy nhylluan eira!'** meddai'n falch. 'Mae'r cerflun wedi'i orffen o'r diwedd! Hyfryd, tydi?'

'Pam ydych chi'n d-d-dangos hwn i fi?' gofynnodd Swyn, yn crynu dan oerfel.

'Achos mewn ychydig eiliadau, mae'r dylluan eira'n mynd i syrthio ar dy ben a dy wasgu di i farwolaeth! Bydda i'n ffonio'r heddlu'n syth i ddweud dy fod di ar goll. Ond bydd neb yn dod o hyd i dy gorff tan y gwanwyn, pan fydd yr eira wedi toddi i gyd. Dwi'n glyfar iawn, yn tydw?'

'S-s-sâl iawn, dach chi'n feddwl!' atebodd y ferch, gan drio dianc o afael ei modryb.

Edrychodd Alwen i lawr ar ei nith gyda gwên sinistr.

'Iawn 'ta, 'ngeneth i. Rhed am dy fywyd.' Gollyngodd ei gafael ar y ferch, a syrthiodd honno'n swp. Cododd ar ei phedwar yn yr eira, a gwneud ei gorau glas i godi ar ei thraed a dianc. Ond roedd yr eira'n ddwfn, ac roedd hi'n oer ac wedi ymlâdd.

Rhuthrodd Anti Alwen i ochr draw'r dylluan eira, a gorffwys ei hysgwydd yn ei herbyn. Gyda'i holl nerth, dechreuodd wthio. Gyda hynny, daeth Wagner o'r awyr at y cerflun, a defnyddio'i grafangau miniog i drio

rhwystro'i feistres rhag ei symud! Sylweddolodd Swyn
ei bod hi wedi dyfalu'n iawn – mae'n rhaid bod Wagner
wedi deall pob gair o gynlluniau Anti Alwen a'i bwriad
i'w ladd a'i stwffio.

'Wagner! WAGNER! Beth wyt ti'n ei wneud?' sgrechiodd Alwen.

Ond parhau wnaeth yr aderyn, yn ceisio tynnu Alwen oddi wrth y dylluan eira gyda'i grafangau. Pwniodd Alwen yr aderyn mor galed ag y medrai ar ei big.

Troellodd yr aderyn druan a sythio i'r llawr yn anymwybodol.

Trodd y ddynes aflan yn ôl at y dylluan eira, a gwthio. Yn araf iawn, dechreuodd y mynydd eira symud i gyfeiriad ei nith.

'Hwyl fawr, Swyni-wyni!' meddai. Edrychodd y ferch i fyny. Roedd yr eira a'r rhew ar fin syrthio arni a'i gwasgu i farwolaeth.

'NAAAAA!'

galwodd y ferch.

CRASH!

Ar yr union eiliad honno, teimlodd Swyn ei chorff yn cael ei gipio i fyny i'r awyr.

WWWWSHHHH!

Roedd Nico wedi taro i mewn iddi. Roedd yr hen was wedi eirfyrddio ar ei hambwrdd arian dros y lawnt.

Yn un llaw roedd ganddo botel dŵr poeth, ac yn y llall roedd dau wydraid o siampên. 'Y Dom Perignon gorau, syr!' meddai.

Heb yn wybod iddo, roedd y gwas wedi achub bywyd y ferch. Roedd o wedi'i tharo o union lwybr y dylluan eira. Glaniodd Swyn ar y lawnt gyda ...

THYD!

'Diolch, Nico,' meddai Swyn, braidd yn benysgafn wrth iddi godi ar ei heistedd yn yr eira.

Ond dim ond brwsio'r eira oddi ar ei siwt wnaeth yr hen was, heb gymryd dim sylw ohoni. 'Mae'n boeth iawn yma, syr. Cyn i mi fynd, tybed a ddylwn i agor y ffenest?'

XXXIX

Y Blaidd Mawr Cas

Gorweddai Anti Alwen ar ben ei thylluan eira, ar ôl syrthio i mewn iddi. Wrth godi ar ei thraed yn araf, aeth ei hwyneb yn goch blin. Brasgamodd drwy'r eira tuag at ei nith. Rhoddodd ei gwylltineb ryw ail wynt iddi. Er bod yr eira yn cyrraedd ei phengliniau, cyflymai wrth gerdded drwy'r lluwch.

Llamodd y ferch tuag at ddrws y plas. Roedd Anti Alwen wedi'i adael yn gilagored. Fel roedd Swyn wrthi'n troi'r goriad yn y clo, dechreuodd Alwen bwnio ar y drws.

BANG!
BANG! BANG!

Ysgydwai'r drws dan ei dwrn pwerus.

Agorodd Alwen y twll llythyron a galwodd, 'Mochyn bach, mochyn bach, ga i ddod i mewn?'

Cymerodd Swyn gam yn ôl. 'Na, byth!'

'Mi wna i chwythu, a chwythu … a malu'r drws 'ma'n rhacs!'

Roedd tawelwch dychrynllyd am eiliad, ac yna daeth Alwen yn ei hôl gyda rhaw fawr. Cymerodd y ddynes anadl ddofn, cyn taro'r drws â'r rhaw gyda'i holl nerth.

CRASH!

Syrthiodd cawod o ddarnau pren miniog dros y lle.

Cymerodd Swyn gam arall yn ôl. Roedd ei modryb ar fin malu'r drws yn ddarnau. Roedd rhaid i'r ferch feddwl yn sydyn. Y lle tân! Roedd Alwen yn llawer rhy dew i ffitio i fyny fan'no, felly rhedodd Swyn nerth ei thraed i'r lle tân agosaf, yn yr ystafell fwyta.

Wrth iddi wibio ar hyd y coridor, clywodd y drws ffrynt yn chwalu'n ddarnau mân.

CRASH!

Camodd Alwen i mewn i'r tŷ.

'Tyrd i weld y blaidd mawr cas!' gwaeddodd Alwen, gan ddal y rhaw uwch ei phen fel arf.

Rhedodd y ferch i'r ystafell fwyta, a draw at y lle tân. Fel roedd hi'n diflannu i fyny'r simnai, cydiodd Alwen yn ei throed. Edrychodd Swyn i lawr a gweld ei modryb ar waelod y simnai yn syllu i fyny. Wrth i'r ferch wingo, syrthiodd cawod o huddygl i lawr ar Alwen, gan lenwi ei llygaid a'i cheg gyda'r llwch du.

'AAAAAAAAAAAAAA!'

gwaeddodd.

Wrth i'r ddynes dagu, gollyngodd ei gafael ar droed ei nith. Brysiodd Swyn i fyny'r simnai, ac allan o gyrraedd ei hanti afiach.

'Fedri di ddim dianc!' chwarddodd Alwen. 'Mi wn i'n iawn sut i gael gwared ar blant bach gwirion sy'n dringo simneiau. Dwi wedi'i wneud o'r blaen, ac mae o'n gweithio'n berffaith. Mae'n amser cynnau tân!'

XL

Diwedd Dirgelwch

'Be dach chi'n feddwl, dach chi wedi gwneud hyn o'r blaen?' galwodd Swyn arni i lawr y simnai. Doedd hi prin yn gallu credu ei chlustiau. Dyna'n union sut y lladdwyd Glo.

'Waeth i ti wybod mai fi wnaeth i 'mrawd bach, Huwcyn, ddiflannu ers talwm,' meddai Anti Alwen o'r lle tân yn yr ystafell fwyta.

'Wrth gwrs!' meddai Swyn, yn deall o'r diwedd. Doedd neb wedi bod yn siŵr beth ddigwyddodd i'r babi dri deg mlynedd ynghynt.

'Pan gafodd o ei eni, ro'n i'n gwybod mai fo fyddai'n etifeddu Plas y Sarnau, ac nid fi,' esboniodd Anti Alwen. 'Ro'n i'n ei gasáu o am hynny, ac yn casáu dy dad. Felly ynghanol y nos, mi wnes i gipio'r hogyn o'i grud a mynd ag o o'r tŷ.'

'Sut fedrech chi wneud ffasiwn beth!' meddai'r ferch yn ddig.

'Roedd o'n hawdd!' atebodd Alwen. 'Mi es i â fo i lawr i'r afon, a'i roi o mewn bocs ar y dŵr. Ro'n i'n siŵr y byddai'r afon yn cael gwared arno fo. Ond ddeng mlynedd yn ddiweddarach, dyma'r hogyn yn dod yn ei ôl wedi'i wisgo fel ...'

'BACHGEN GLANHAU SIMNAI!'

ebychodd Swyn. Glo! Glo oedd y babi coll!

'Ia!' meddai Alwen mewn syndod. 'Sut yn y byd oeddet ti'n gwybod hynny?'

'Achos fod 'na ysbryd bachgen glanhau simnai wedi bod yn y tŷ yma.'

'Does dim ffasiwn beth ag ysbrydion, yr hen hogan wirion!'

'Oes wir! Dyna pwy sydd wedi bod yn fy helpu i!'

'Dwyt ti ddim hanner call!' Roedd y ddynes yn gwrthod credu gair. Roedd Glo yn llygad ei le – doedd oedolion ddim yn gwybod sut i gredu mewn pethau oedd ddim o flaen eu llygaid.

Er bod Swyn eisiau parhau i ddringo'r simnai, roedd hi'n torri'i bol eisiau clywed gweddill yr hanes. 'Sut oeddech chi'n gwybod mai'ch brawd bach chi oedd y bachgen glanhau simnai?'

'Achos roedd o 'run sbit â Cenwyn, dy dad. Yn fyrrach ac yn deneuach, am ei fod o wedi cael ei fagu mewn wyrcws, ond fel arall, roedd o'n union yr un fath. Ac roedd o'n dweud ei fod o'n teimlo ei fod o wedi bod ym Mhlas y Sarnau o'r blaen! Dim ond mater o amser oedd hi nes i'r teulu ddechrau rhoi dau a dau at ei gilydd a datrys y dirgelwch. Felly mi arhosais i nes bod y bachgen yn y simnai, ac mi wnes i gynnau tân.'

'Rydach chi'n fwystfil!'

'A'r rhan orau o'r cyfan oedd mai un o'r gweision gafodd y bai!'

Mae Glo yn ewythr i mi! meddyliodd Swyn. Roedd hyn yn anhygoel! 'Y bachgen felly yw etifedd Plas y Sarnau!' meddai Swyn.

'Plentyn oedd o! Mae o wedi marw ers blynyddoedd. Hogyn bach tlawd oedd yn golygu dim i neb.'

Ystyriodd Swyn am ychydig. 'Fy mam, fy nhad, fy ewythr ... Faint yn fwy o bobol ydych chi'n mynd i'w lladd?'

'Dim ond un,' atebodd Anti Alwen. 'Ti.'

XLI

Chwarae Cuddio

Eisteddai'r ddynes yn yr ystafell fwyta, yn tanio matsien i gynnau'r tân. Dechreuodd Swyn frysio i fyny'r simnai eto. Roedd ei llygaid yn dyfrio. Mewn dim o dro, roedd hi'n cael trafferth anadlu.

O fewn eiliadau, roedd y mwg wedi gwneud yr holl simnai'n gwbl ddu. Fedrai Swyn weld dim. Yn sydyn, llithrodd a dechreuodd blymio i lawr y simnai tuag at y tân. Syrthiodd llawer o lwch glo i lawr hefyd wrth i Swyn daro yn erbyn ochrau'r simnai, ac wrth i'r llwch orchuddio'r tân, diffoddodd y fflamau.

'DARIA!' gwaeddodd Alwen wrth i Swyn ddal ei gafael mewn bricsen lydan yn y simnai. Dechreuodd Swyn ddringo eto.

Cyn bo hir, roedd hi wedi cyrraedd pen y tŷ, a gwasgodd ei hun drwy'r corn ac allan ar y to. Gorweddodd yna am ychydig, yn llenwi ei hysgyfaint gydag awyr iach, ddi-fwg.

Ond fel yr agorodd y ferch ei llygaid, gwelodd ysgol yn ymddangos ar ochr y to. Doedd ei hanti afiach byth yn rhoi'r gorau iddi! Mewn dim, daeth y gwallt cringoch i'r golwg, ac yna'r wên ddieflig.

'Mae'n gêm fach ni o guddio wedi dod i ben! Mae Anti-wanti wedi dod o hyd i ti!'

Camodd y ddynes ar y to, a safodd am ychydig, fymryn yn sigledig. 'Cei di ddewis, 'ngeneth i! Wyt ti am neidio, neu wyt ti am i Anti-wanti dy wthio di?'

Roedd hi'n nos, a'r cyfan a welai Swyn oedd amlinell corff Alwen, a'r lleuad lawn y tu ôl iddi.

'Fedrwch chi ddim gwneud hyn!' gwaeddodd y ferch, gan ddal yn dynn wrth y corn simnai.

'Wrth gwrs y medra i! Dwi wedi gwneud cymaint o bethau fel hyn o'r blaen. Ac os wyt ti'n lwcus iawn, mi wna i ganu yn dy angladd di!'

'Plis peidiwch!' atebodd Swyn. 'Rydach chi'n swnio fel corn gwlad pan dach chi'n canu.'

'Yr hen jadan i ti!' Brysiodd Anti Alwen tuag ati, ond baglodd yn yr eira.

BWMP!

Llithrodd ar hyd y to ar ei bol mawr.

'AAAAAAAAAAAAAAAAAAAA!!!!'

Wrth i Swyn ddechrau meddwl y byddai'r ddynes yn syrthio oddi ar y to, cydiodd ei modryb yn un o'r gwteri â'i bysedd. Roedd tawelwch llethol wrth i Anti Alwen hongian dros ochr y to, ac yna daeth ei llais yn feddal ac yn ysgafn yn gofyn, 'Swyn? Ym, Swyni-wyni?' Bellach, swniai fel yr anti anwylaf yn y byd.

'Be?!' gofynnodd y ferch.

'Fasa ots mawr gen ti i roi help llawi-wawi i dy hen anti annwyl?'

'Wna i ddim!'

'Plis-wis?'

'Pam ddylwn i?' meddai Swyn.

Roedd pwysau Alwen yn ormod i'w bysedd bach trwchus. Roedden nhw'n llithro oddi ar y gwteri, fesul un.

Aeth ei llais yn filain. ''Ngeneth i, os nad wyt ti'n fy helpu i, ti fydd yn cael y bai am y cyfan – am "ddamwain" fach dy rieni, am ladd dy anti hyfryd ...'

'Ond wnes i ddim!' protestiodd Swyn.

'Fydd neb yn gwybod hynny, o na.' Llenwai geiriau ei modryb feddwl Swyn fel mwg du. 'Bydd pawb yn meddwl dy fod ti'n llofrudd. Mi gei di dy daflu i'r carchar am gan mlynedd, os wyt ti'n lwcus. Os wyt ti ddim mor lwcus, byddi di'n mynd yn syth i'r grocbren!'

Doedd Swyn ddim yn gwybod beth i'w feddwl. 'O-o-ond wnes i ddim byd o'i le!'

'Byddi di'n llofrudd os wyt ti'n gadael i mi syrthio. **LL, O, F, R, I, TH!**'

Nid dyma oedd yr amser i gywiro sillafu ei modryb.

'Roedd dy rieni am i ti fod yn ferch fach dda, doedden?'

'O-o-oedden ...'

'Dwyt ti ddim am eu siomi nhw, wyt ti?'

'N-a-na ...'

'Rho dy law i mi, 'ta,' meddai Alwen. 'Dwi'n addo na wna i dy frifo di.'

Llithrodd Swyn ar ei phen-ôl ar hyd y to tuag at ei modryb.

'Dyna ti, 'ngeneth i,' meddai ei modryb. 'Dyna ti. Dwi'n addo na fydd 'na unrhyw beth drwg yn digwydd.'

Ymestynnodd Swyn ei llaw at y ddynes. Cydiodd Alwen ynddi, a thynnodd yn dawel, gan dynnu ei nith oddi ar y to.

'Aaaaaaa!' sgrechiodd y ferch wrth iddi hedfan drwy'r awyr. Rywsut, cafodd afael ar droed Alwen.

Edrychodd Alwen i lawr ar y ferch, yn dal yn dynn am ei bywyd.

'Os fedra i ddim cael Plas y Sarnau, fydd neb yn cael Plas y Sarnau!'

A gollyngodd y ddynes ei gafael ar y to.

XLII

Fel y Bedd

Yn sydyn, roedd sŵn adenydd mawr a gwibiodd tylluan drwy'r awyr dywyll.

WSH HHHHHH!

Teimlodd Swyn grafangau Wagner yn cydio ynddi, yn ei hachub rhag y cwymp.

Trawodd Anti Alwen y llawr gyda sŵn

THYD!

Gosododd y dylluan Swyn yn ofalus ar lawr cyn hopian draw at Alwen. Dilynodd y ferch yn ofalus. Roedd rhaid gwneud yn siŵr fod y ddynes ofnadwy yma wedi marw.

Roedd corff Alwen wedi glanio mewn pentwr anferthol o eira. Roedd hi'n gwbl lonydd. Doedd dim sŵn peswch na symudiadau bach herciog – roedd popeth yn dawel.

Fel y bedd.

Ochneidiodd Swyn. Ond wrth iddi droi, sylwodd ar fys bach Alwen. Yna'i llaw. Yna'i braich. Yn araf, cododd Alwen ar ei thraed. Edrychai fel bwystfil eira atgas.*

Safodd Alwen am ychydig, fymryn yn chwil. Sychodd yr eira oddi ar ei llygaid. Doedd hi ddim wedi brifo o gwbl yn y cwymp. Roedd yr eira wedi'i hachub.

---

*Mae rhai pobol yn dweud bod creadur o'r math hwn yn byw ym mynyddoedd yr Himalayas yn Nepal.

'Ble roeddan ni?' meddai. 'O ia! Ro'n i ar fin dy ladd di!'

Wrth i'r ferch droi i redeg dros y lawnt, cododd Wagner i'r awyr. Wrth iddo hedfan mewn cylchoedd mawr, dechreuodd grawcian yn uchel.

'CRAWC CRAWC CRAWC!'

Doedd Swyn ddim wedi clywed yr aderyn yn gwneud sŵn fel yna o'r blaen.

Yn y coed o gwmpas Plas y Sarnau, daeth côr o hwtian. Roedd yr adar yn ateb Wagner. Daeth sŵn siffrwd o'r coed wrth i'r tylluanod godi i'r awyr.

Doedd gan Swyn ddim amser i feddwl am hyn i gyd. Roedd raid iddi redeg. Ond i ble? Baglodd y ferch yn yr eira. Daeth ei modryb ati, a thynnu teclyn aflan o'i phoced

– pêl bigog ar gadwyn. Chwifiodd y bêl mewn cylchoedd o amgylch ei phen.

HWP HWP HWP...

Mae'n rhaid bod Alwen wedi dwyn y teclyn dieflig o'r arfwisg fetel yn y neuadd. Roedd ganddo handlen fawr bren, ac roedd y pigau ar y bêl yn finiog fel cyllyll. Byddai'n gallu lladd rhywun mewn dim. Doedd yr un yma heb gael ei ddefnyddio fel arf ers canrifoedd. Tan nawr.

'Plis, Anti Alwen, dwi'n erfyn arnoch chi ...' ymbiliodd

Swyn.

WWWP WWWP WWWP...

Chwifiodd y ddynes yr arf yn gyflym uwch ei phen.

'Gobeithio dy fod ti'n barod am hyn,
'ngeneth i, achos mae dy fywyd ar fin gorffen.

G, O, R, FF, A, I, N.

Gorffen!"

'Naaaaaaaaa!'

sgrechiodd Swyn.

Ond cyn i Alwen fedru taflu'r ergyd farwol, plymiodd

cannoedd o dylluanod o'r awyr tuag ati.

SWWWWWM!

O'r dylluan fach leiaf i'r gwdihŵ lwyd fwyaf oll, cododd

yr adar y ddynes yn eu crafangau a'i chario hi i'r awyr.

'AAAAAAAAAAAAA
AAAAAAAAAAAAAAAA!!!!!!!!" gwaeddodd y
ddynes, gan ollwng yr arf ar y lawnt.

THᵧD!

Eisteddai Wagner ar y to yn crawcian yn uchel, yn galw ei orchmynion i'r tylluanod eraill.

Gwyliodd Swyn mewn syndod. Ciciodd a stranciodd Anti Alwen wrth i'r fyddin o dylluanod ei chario drwy'r awyr. Syrthiodd yr eira oddi ar ei chorff fel plu wrth iddi gael ei chario'n uwch ac yn uwch, yn uwch na'r cymylau. Cyn bo hir, doedd Alwen yn ddim mwy na smotyn bach. Curodd calon Swyn yn ei bron. Roedd hi eisiau gwybod mai dyma oedd diwedd ei modryb.

'CRAAAAAAAWC!'

galwodd Wagner yn uchel ar ei ffrindiau yn yr awyr.

Gollyngodd yr holl dylluanod eu gafael.

'AAAAAAAAAAAAAAAAA
AAAAAAAAAAAAAAAAA!'

sgrechiodd Alwen wrth iddi syrthio drwy'r awyr.

O ryw gae yn bell i ffwrdd, daeth sŵn **THYD!** uchel wrth i'w chorff lanio. Roedd Swyn yn siŵr ei bod hi wedi teimlo'r ddaear yn ysgwyd ryw fymryn.

O'r diwedd, roedd ei hanti afiach wedi mynd. Ochneidiodd y ferch, cyn galw ar y dylluan. 'Wagner!' Neidiodd yr aderyn draw ati. 'Diolch,' meddai, a lapiodd ei breichiau o'i gwmpas. Yn araf iawn, agorodd Wagner ei adenydd a'u lapio o gwmpas Swyn.

'Mi wnest ti achub fy mywyd,' sibrydodd y ferch.

Hwtiodd yr aderyn ei ateb. Doedd Swyn ddim yn siŵr beth oedd o'n ei ddweud, ond roedd hi'n deall, rywsut. 'Wagner, dwi'n dal angen dy help di.' Rhoddodd y dylluan ei ben i un ochr. Roedd o'n gwrando'n astud. 'Dwi angen i ti hedfan dros y llyn.' Pwyntiodd Swyn i'r pellter. 'Rhaid i mi ddod o hyd i Glo ... fy ewythr!'

Dringodd Swyn ar gefn yr aderyn, a dal yn dynn yn

ei blu. Rhedodd Wagner am ychydig cyn codi i'r awyr. Am deimlad bendigedig oedd hedfan! Y sêr uwch ei phen, yr awel yn ei gwallt. Wrth i'r dylluan hedfan dros y llyn, edrychodd i lawr i weld a oedd unrhyw olwg o Glo. Disgleiriai'r darnau miniog o rew dan olau'r lleuad. Edrychai popeth yn dawel a llonydd, a dim arwyddion o'r pethau ofnadwy oedd wedi digwydd yno heddiw.

Y peth cyntaf welodd Swyn oedd siâp cyfarwydd y car crand, oedd wedi suddo i waelod y dŵr. Yna, gwelodd ffigwr bach unig wedi'i lapio mewn brwyn.

'Fan'na!' Pwyntiodd at y dŵr. Hedfanodd Wagner i lawr, a glaniodd y ddau ar y darn mwyaf o rew ar wyneb y llyn.

'Mae o ar y gwaelod!' llefodd Swyn, gan syllu dros ochr y rhew i mewn i'r dŵr. Doedd hi ddim yn siŵr a oedd ysbryd yn gallu marw ddwywaith. Ond wrth iddi syllu drwy'r dyfroedd ar ei wyneb gwelw, llonydd, clywodd

SBLASH!

wrth i Wagner blymio i'r dŵr. Gwyliodd Swyn mewn syndod wrth i'r aderyn nofio i waelod y llyn. Brathodd grys Glo gyda'i big, a'i dynnu i fyny o'r dyfnder.

Penliniodd Swyn a thynnu'r bachgen ar y rhew, cyn gwneud yr un fath i'r dylluan. Ysgydwodd Wagner ei blu er mwyn sychu ei hun wrth i Swyn blygu dros gorff y bachgen, druan.

'Yncl Huwcyn ...' sibrydodd. 'Yncl Huwcyn.'

Poerodd yr ysbryd lond ceg o ddŵr, a dasgodd yn syth ar drwyn y ferch. 'Pwy yn y byd ydi Yncl Huwcyn?' gofynnodd.

'Rwyt ti'n fyw!' ebychodd Swyn.

'Na, dwi 'di marw ers blynyddoedd,' atebodd yr ysbryd. Edrychodd ar y ferch fel pe bai'n hollol wallgof.

'O, do,' meddai Swyn.

'A pwy ydi'r Yncl Huwcyn 'ma?'

'Ti ydi o! A dweud y gwir, dy deitl llawn ydy Arglwydd Huwcyn Sarnau o Blas y Sarnau!'

'Paid â malu!' Ysgydwodd yr ysbryd ei ben. 'Ti 'di bod ar y sieri, hogan?'

XLIII

Addewid

Pan oedd y ddau yn ôl yn ddiogel ym Mhlas y Sarnau, eisteddodd Swyn a Glo yn yr ystafell fyw. Ar ôl cynnau tân arall, dywedodd Swyn y cyfan wrth yr ysbryd. Fod Alwen yn chwaer iddo, a'i bod hi wedi'i roi o mewn bocs yn yr afon pan oedd o'n fabi bach.

'Dyna oedd yr hanes gan y bobol yn y wyrcws!' meddai Glo. 'Fod rhywun wedi dod o hyd i mi mewn bocs ar yr afon.'

Dywedodd Swyn wrth ei ewythr fod ei chwaer wedi'i adnabod o pan ddaeth i Blas y Sarnau i lanhau'r simnai, a'i bod hi wedi cynnau'r tân er mwyn cael gwared arno am byth.

Cafodd Glo sioc fawr, ond roedd pethau'n dechrau gwneud synnwyr iddo. 'Ro'n i'n gwybod 'mod i wedi bod yma o'r blaen! Ro'n i'n adnabod y lle!' Lledodd ei lygaid. 'Wel, pwy fysa'n meddwl? Fi, o bawb, yn arglwydd! Ha ha!' Chwarddodd y bachgen glanhau simneiau yn uchel, a thrio gwneud acen grand. 'Helôô, rydw i'n aaaaaarglwydd, wyddoch chi!'

Roedd Swyn yn chwerthin hefyd. 'Ond mae o'n wir! Ti biau'r lle yma! Mae gen i gywilydd 'mod i wedi dy drin di'n wael.'

Chwarddodd Glo. 'Dim angen, hogan.'

'Ddylwn i ddim bod wedi bod yn ffasiwn snob. Dwi'n gwybod rŵan nad oes ots a ydi rhywun wedi cael ei fagu mewn wyrcws neu mewn plas. Mae pawb yr un fath yn y bôn.'

Gwenodd yr ysbryd arni. 'Ydyn wir, hogan.'

'Mi gei di alw fi'n Swyn os lici di.'

'Olreit, Swyn, yr hen hogan.'

Chwarddodd y ddau, ac yna dywedodd Glo, 'Ond mae'n rhaid i ti 'ngalw i'n arglwydd!'

Yna, canodd y cloc mawr yn y neuadd. Roedd hi'n hanner nos.

BONG BONG BONG BONG BONG BONG BONG BONG BONG BONG BONG BONG.

Noswyl Nadolig, sylweddolodd Swyn. Ei phen-blwydd.

'Hei! Dwi'n dair ar ddeg heddiw!' meddai'n llawn cyffro.

Diflannodd y wên o wyneb Glo.

'Be sy'n bod?' gofynnodd y ferch.

'Ti'n tyfu! Cyn bo hir, fyddi di'n methu 'ngweld i.'

'Fydda i wastad yn gallu dy weld di!' atebodd Swyn.

'Na.' Ysgydwodd yr ysbryd ei ben. 'Dydi oedolion byth yn gallu 'ngweld i.'

Ac wrth iddo siarad, sylwodd Swyn fod Glo yn dechrau diflannu'n araf bach.

'Rwyt ti'n pylu!' meddai'n ddigalon.

'Ddywedais i do, hogan? Gwell i ni ddweud ta-ta rŵan.'

'Ond dwi ddim eisiau i ti fynd!' meddai'r ferch. 'Ti ydi'r unig deulu sydd gen i!'

'Dwi'm yn mynd i nunlle,' atebodd yr ysbryd.

'Ond rwyt ti'n diflannu! Dwi'n dy weld di'n diflannu!'

'Mi ddwedais i mai dyma fyddai'n digwydd! Y cyfan mai plant eisiau ydi tyfu'n hŷn, ond mae bod yn blentyn yn beth arbennig iawn. Mae plant yn gweld yr holl hud yn y byd.'

Roedd calon y ferch yn torri. 'Dwi ddim eisiau bod yn oedolyn, felly!'

Roedd goleuni'r ysbryd bron â diflannu bellach. Doedd Swyn ddim eisiau blincio rhag ofn y byddai Glo wedi mynd yn llwyr pan agorai ei llygaid.

'Rhaid i bawb dyfu i fyny yn y pen draw,' meddai'r ysbryd. 'Ond er na fyddi di'n gallu 'ngweld i, mi fydda i'n dal yma, wrth dy ymyl di. Rŵan, rhaid i ti addo un peth i mi, hogan.'

Roedd Glo'n pylu'n sydyn iawn.

'Iawn, iawn! Beth?' gofynnodd Swyn.

'Rhaid i ti addo y byddi di'n dal i gredu yn yr hud, hyd yn oed pan na fedri di ei weld o mwyach.'

'Dwi'n addo,' sibrydodd.

Y peth olaf a welodd Swyn oedd gwên annwyl yr ysbryd.

Ac yna, roedd o wedi mynd.

Epilog

Nadolig digon anarferol gafwyd y flwyddyn honno ym Mhlas y Sarnau. Dim ond tri oedd yn eistedd wrth fwrdd hir yr ystafell fwyta: Swyn, Nico a Wagner. Yn lle twrci a llysiau blasus, rhostiodd yr hen was berth fawr. Roedd hi'n galed iawn, ac yn blasu'n afiach, ond roedd o wedi gwneud ei orau.

Wedi i Ŵyl San Steffan fynd a dod, sylweddolodd Swyn fod rhaid iddi wynebu'r hyn oedd wedi digwydd. Er cymaint roedd hi eisiau aros ym Mhlas y Sarnau, gwyddai na allai ofalu am yr hen dŷ mawr ar ei phen ei hun, felly cododd y ffôn i alw am help.

Gan mai plentyn oedd Swyn, yn dilyn ei galwad ffôn, penderfynodd yr oedolion fod rhaid iddi fynd i gartref plant. Byddai'n cael dychwelyd i Blas y Sarnau pan fyddai'n ddeunaw oed. Roedd y cartref yn llawn plant amddifad, fel hi, neu blant oedd ddim wedi adnabod eu rhieni. Dyma lle roedd y tlodion mwyaf digalon yn byw.

Er bod y fetron oedd yn rhedeg y lle yn gwneud ei gorau glas, roedd y cartref plant yn llawn, a channoedd o blant mewn un ystafell. Cysgai pedwar ym mhob gwely. Dim ond unwaith y mis roedd y plant yn cael bath. Doedd dim lle i chwarae tu allan.

Wrth gwrs, roedd bywyd fel hyn yn wahanol iawn i'r hyn roedd Swyn wedi arfer ag o. Er ei bod hi'n gwneud ei gorau i guddio'i theimladau, roedd byw yn y cartref plant yn ei gwneud hi'n drist. Gallai ddeall yn iawn pam roedd Glo wedi dianc o'r wyrcws. Weithiau, byddai'n wylo yn ei gwely cyn syrthio i gysgu. Roedd hi eisiau bywyd gwell, nid yn unig iddi hi ei hun, ond i'r holl blant.

Felly un bore, aeth at y fetron gyda syniad. Beth am symud y cartref plant i Blas y Sarnau?

'Os ydych chi'n siŵr, arglwyddes,' meddai'r fetron.

'Galwch fi'n Swyn. Ac ydw, dwi'n siŵr,' atebodd y ferch. 'Beth ydy'r pwynt cael tŷ mawr a neb yn byw ynddo fo?'

Lledodd gwên fawr dros wyneb y fetron. 'Syniad campus! Bydd y plant wrth eu boddau!'

Roedd hi'n llygad ei lle. O'r diwedd, roedd gan bob

plentyn ei wely ei hunan. Roedd bath poeth i bawb bob nos. Yn yr haf, roedd gemau'n cael eu chwarae ar y lawnt, a'r plant yn cael nofio yn y llyn.

A dweud y gwir, roedd hi wastad yn teimlo fel haf ym Mhlas y Sarnau bellach. Byddai'r hen was, Nico, yn difyrru'r plant bach drwy'r dydd, a byddai'r plant dewraf yn cael reid ar gefn Tylluan Fynydd Fafaraidd Fawr o'r enw Wagner.

Wrth gwrs, heneiddiodd Swyn, ond cartref i blant oedd Plas y Sarnau byth wedyn. Y cartref plant mwyaf hapus yn y byd.

PLAS Y SARNAU
CARTREF I'R
HOLL BLANT

Os ewch chi yna heddiw, efallai y byddwch yn gweld hen wraig yn chwarae gyda'r plant yn yr ardd.

Enw'r hen wraig yw Swyn. Swyn Sarnau. Mae hi dros naw deg oed, a dydy hi ddim yn hoffi cael ei galw'n 'arglwyddes' mwyach. Mae 'Swyn' yn swnio'n well.

Os ydych chi'n blentyn, efallai y gwelwch chi rywbeth arall.

Rhywbeth na all yr oedolion ei weld.

Ysbryd bachgen bach a'i ddillad yn llwch glo i gyd, yn chwarae'n hapus gyda'r plant eraill yn yr ardd.

LLYTHYR O GŴYN

Annwyl Ddarllenydd,

Gadewch i mi gyflwyno fy hun. Fy enw yw Huw, ac rydw i'n rhedeg siop bapurau newydd. Rydw i'n adnabyddus yn fy nghymuned am gynnig bargeinion a chynigion arbennig. Heddiw, rydw i'n gwerthu lemonêd – 18 botel am bris 17. Hyd yma, rwyf wedi cael rôl flaenllaw ym mhob un o chwe nofel David Walliams (ie, dyna ydy ei enw fo.) 'Y Bachgen yn y Sgert' oedd gyntaf, yna 'Mr Ciaidd', 'Mistar Miliwn', 'Cyfrinach Nana Rhaca', 'Llgodnyget' a 'Deintydd Diawledig'.

Dychmygwch fy syndod pan ddarllenais i ei nofel ddiweddaraf, 'Anti Afiach', a gweld 'mod i, Huw, ddim ynddi o gwbl. Yn bersonol, roeddwn i'n meddwl bod y llyfr yn ddiflas iawn gan ei fod o i gyd yn digwydd yn yr hen ddyddiau. Diflas neu be?! Rybish. Mae'n well gen i lyfrau Ronald Dal.

Ro'n i'n gandryll 'mod i ddim wedi ymddangos yn y llyfr yma – mor flin nes i mi dorri darn o daffi gyda 'nwylo. Ydw, dwi'n ddyn caled iawn.

Mae'r rhan fwyaf o blant yn dweud eu bod nhw'n darllen llyfrau Mr Malijams (neu beth bynnag ydi ei enw fo) am 'mod i, Huw, ynddyn nhw. Mae gen i nifer fawr o ffans, dach chi'n gweld – Criw Huw – ac fel fi, mae'r plant yn darllen drwy'r llyfrau'n sydyn er mwyn dod o hyd i'r rhannau sy'n fy nghynnwys i.

O ganlyniad, rwyf yn gofyn i chi fy nghefnogi, gan fynnu fy mod i, Huw, yn cael rhan amlwg yn ei lyfr nesaf. Rydw i eisoes wedi ysgrifennu at Brif Weinidog Cymru, a'r Archdderwydd, a chefais ateb gan y ddau yn gofyn i mi beidio byth ag ysgrifennu atynt eto.

Os oes gan Mr Jimijams (mae ei enw go iawn yr un mor wirion â hwnna) unrhyw synnwyr (a dwi'n amau hynny'n *fawr), bydd o'n gwrando arna i a'r miloedd o aelodau sydd yng Nghriw Huw ledled y byd wrth lunio'r llyfr nesaf.*

Yn Flin,

Huw

O.N. *Mae'r darn o daffi y gwasgais yn fy llaw ar gael am hanner pris yn fy siop.*